©2023. EDICO
Édition : JDH Éditions
77600 Bussy-Saint-Georges. France
Imprimé par BoD – Books on Demand, Norderstedt, Allemagne

Illustration originale couverture : Yoann Laurent-Rouault
(Cat's Society : *yvlr2@outlook.com*)

Conception et réalisation couverture : Cynthia Skorupa

ISBN : 978-2-38127-318-1
Dépôt légal : mars 2023

Franck Antunes

MAX

JDH Éditions

Magnitudes 6.0

PRÉFACE

Franck Antunes est un écrivain au talent littéraire remarquable. Probablement une des plus belles plumes de la maison JDH Éditions. Auteur très investi pour la promotion de ses livres, souvent intéressé par l'ensemble des publications de la maison, j'ai pu noter que les livres purement économiques l'intéressaient… mais aussi qu'il était fan de George Orwell (dont *1984* que nous avons traduit et publié en plusieurs versions).

Quel rapport donc entre un talent littéraire hors pair, le monde économique actuel et George Orwell ?

Le rapport entre les trois se nomme Max.

Max est un entrepreneur qui entreprend par amour, et pour sortir de sa condition populaire, puisqu'il est amoureux d'une fille de famille bourgeoise.

Mais… nous sommes en France, dans un système oppressif pour l'entrepreneur et compressif pour l'esprit.

L'entreprise de Max périclite et il se retrouve plusieurs fois devant la justice… jusqu'à ce que deux flics viennent le chercher à six heures du matin.

Choisissant sa liberté, et étant par ailleurs judoka, il se défait des policiers… Commence alors une course-poursuite de deux heures à travers Lyon, où il va longuement réfléchir à la véritable liberté, et se demander si ce n'est pas tout simplement celle de s'entreprendre. C'est autour de ces deux heures de cavale qu'est construit ce bref mais remarquable thriller.

Un roman coup de poing, qui est à la fois une critique sociale, un refus des conventions, une interrogation sur la démocratie et sur les normes qui imposent une notion étatique de la fraternité obligée, de la liberté conditionnée, et de l'égalitarisme aux dépens de l'équité. C'est une critique ayant une portée orwellienne, dans la mesure où il s'agit du refus d'un carcan au profit d'un humanisme, mais aussi de la dénonciation d'un système qui uniformise et qui brise en définitive les individus et les talents.

Un roman de haut vol que tout entrepreneur devrait avoir sur sa table de chevet et que nos dirigeants politiques devraient lire !

Jean-David Haddad
Professeur agrégé d'économie et sciences sociales
Auteur, Éditeur

Votre temps de liberté sera le mien…

Le jour d'avant

Lyon – Violences policières lors d'un contrôle routier

— Tu vois ! Merde ! On est sur CFMTV-News !

— Lyon ?! … C'était à Vaulx-en-Velin ! … Ce n'est tout de même pas pareil ! … Ils ne connaissent rien, ces Parisiens ! …

— Têtes de chiens !

— C'était un guet-apens ! … Putain ! … Ils nous attendaient pour faire du grabuge et s'occuper du centre commercial ! … Mais, bien sûr, pas un des journaleux ne va raconter l'histoire complète ! … Aujourd'hui, c'est de la flicaille à frire qu'il leur faut ! …

— On aurait peut-être dû appeler la brigade en renfort lorsque ça s'est mis à gueuler ?!

— Ta gueule ! …

— …

— Sûr que le gradé va nous griller ! Et blabla, « faut toujours vous prendre par la main pour aller pisser »… Te marre pas ! T'es dans la même mouise !

— La prochaine, on se la fait en solo ! …

— Duo !

— Ouais ! …

— C'est quoi la prochaine ?!

— L'artiste, Maxime « Trucmuche », qui a blousé tout le monde avec sa société. Il ne répond pas aux convocations du juge ! …

— Bah, on va l'alpaguer à l'aube, tous les deux, comme des grands ! Un truc propre, du genre « Vous y allez quand ? Z'attendez peut-être que le type soit dans ma poche ? » ! Et hop, nous on répond : « Chef, il est déjà dans la piaule » sans même le regarder !

— Ouais, c'est bon, ça ! … On se fait blanchir, les explications seront pour plus tard ! …

— Il y a quoi dans ce dossier ?!

— Un coquet qui a voulu jouer dans la cour des grands sans avoir de quoi miser ! …

— … La fin de quarantaine… à la tête d'une entreprise… des dettes de partout… Livraison d'équipement en pleine pandémie ! Tiens ! Un profiteur… Au début ça va… bien même, des centaines de milliers de roros… puis il ne livre pas… ne paye pas les fournisseurs… amasse les acomptes sans broncher… des dettes de partout partout… un trou noir bancaire… de faux investissements… Mais qu'est-ce qu'ils font de leur pognon ?! Ils en veulent toujours plus, ne savent jamais s'arrêter, pfff… Pas de condamnation, pas marié, pas d'enfant, un Mickey doublé d'un forcené de l'individualisme… ou un pédé ! Il va me plaire, ce douillet ! Des convocations, des arrangements financiers qu'il ne respecte pas… Il se fout de tout… Doit se croire au-dessus des lois, « je travaille, moi ! ».

— Ahah, nous aussi ! … J'aime bien les fumiers de ce genre ! … Ils tremblent comme des feuilles à « Police ! »… Il crèche où ? …

— En plein Lyon, route de Vienne, vers le Moulin à vent (qui n'existe plus, c'est juste un quartier, ne le cherche pas !), dans un immeuble un peu bourge !

— On va le réveiller, ça va faire bien auprès des voisins ! …

Voilà, la vie est une machine infernale, avec des équilibres précaires, des rouages en tous sens, l'un bouge là-bas, le truc tourne ici, le domino bascule, et rien n'est comme avant. C'est infime mais inexorable.

Le destin ? La liberté individuelle ? Le hasard ?

Un peu tout ça.

La liberté des uns fait le destin des autres, complètement par hasard.

Un peu avant 6 h

C'est une pluie de saison, lourde, sourde, feutrée, qui tient au corps, vous colle aux tissus, ouate les sons et perle d'une humidité perforante qui submerge la protection illusoire des vêtements. Elle suinte jusqu'à la peau pour la flétrir en s'immisçant entre les globes oculaires et les paupières, afin d'aveugler en s'unissant sous la gouttière des cils pour former de grosses gouttes paresseusement balancées.

Une pluie passagère, du matin, qui lave et efface tout autant, un détergent puissant, minuscule et entêté. Immuable.

Il ne voit pas ce crachin mais l'entend deux fois. À la fenêtre avec les ongles du nombre en percussion paresseuse ; à la météo de l'écran où le présentateur tente de ne pas s'étouffer avec la salive générée lors de l'exaltation du direct. Les deux sont stressants autant que décourageants. Il va falloir affronter ça. Le monde et sa grisaille. Le monde et sa tension. Le monde, quoi.

Il n'y a personne à sa table, à part lui, et encore. Les femmes s'enfuient éternellement et il ne voulait pas d'enfant dans un réflexe acquis pour les protéger. Les fils sont toujours coupables des actes de leur père, et il a une musette suffisamment pleine de culpabilités pour ne pas l'infliger à son hypothétique progéniture. Un acte de contrition, presque de bienveillance. En tout cas, voilà, il n'y a personne à sa table. D'ailleurs, à cette heure, il est encore absent. C'est ainsi, avant les cafés, bien au pluriel, un ne suffisant jamais, qu'il lui faut espacer sans quoi c'est l'uppercut lent dans les boyaux avec les affres et le glouglouti ventriloque plaintif du tortillement durant toute la matinée. Pourquoi s'infliger cette épreuve quotidiennement ? La douleur est rassurante, elle prouve l'existence. Certainement.

Dans ce moment où le temps n'existe pas vraiment, ou pas pour tous, lorsque les horloges tardent à se synchroniser, quand même la clarté hésite entre chien et loup, l'on ne sait pas encore mais toujours tout peut arriver. Et arrivera.

Cet instant en suspension n'est pas le fait du sommeil des gens, ni même une errance matinale presque malencontreuse, c'est le cœur du cosmos, la vérité de l'univers dans son tâtonnement malhabile mais prédictible. En absence du rythme de fond de l'agitation principalement humaine, l'orchestre de la vie se chauffe les doigts, on entendrait presque, presque, la mécanique céleste hésiter ou se dégripper.

Chaque action défait lentement un équilibre, mais les dominos ne tombent pas encore en enchaînement, dans une valse-hésitation ils titubent, se balancent tangiblement. Ils flottent, attendant un souffle avant que ne dégringolent les choses sur les êtres.

Mais peut-être que le temps n'existe pas, qu'il n'est qu'une invention des hommes pour tenter la compréhension imparfaite de ce qui les fuit. Le passé ? Une suite d'actions, d'anecdotes, qu'on déforme pour leur trouver un sens, un roman pour les plus imaginatifs menteurs. Le futur ? Une masse de probabilités, impossibles strictement, et n'ayant aucune existence authentifiée, tout juste des prétextes pour justifier l'absurdité des décisions actuelles. N'existe réellement que le présent, bien plus inexorable qu'un destin, et plus implacable que le tournis d'une montre. Le présent n'est pas fugace, il est continu, immobile, c'est nous qui bougeons en son intérieur, sur sa toile que l'on tache à peine. Nous sommes les fugitifs cherchant à s'extirper de l'ankylose matricielle pour ne courir qu'à la mort, seul instant échappé au présent. Alors qu'il suffit d'un rien pour se lover dedans, accepter l'absence de passé et l'avortement à venir du futur, mais non, lentement nous nous mettons en action, nous frôlons les forces interstellaires et sociétales dans une tentative aussi désespérée que commune pour agir, en défiant un ordre conservateur par nature. Des forces colossales, des pièges avant tout, et la trappe se referme, happe, allez cours maintenant. Vite.

Mais là, il est toujours avant 6 h, pas de beaucoup mais tellement, et c'est long, encore quelques instants, ou pas, le moment peut s'étirer à sa guise puisqu'il ne sait se définir, puisque cette magnifique tromperie qu'est l'écran digital du carillon imaginaire marquant pompeusement 24 fuseaux, sans aucune logique, chacun séparé en 60 parts, sans aucune raison valable, est pour l'heure ignoré de la plupart. Vous remarquerez que tant qu'on ne le regarde pas, le temps n'a pas d'existence, preuve de son origine exclusivement humaine.

Dans son incertaine relativité tout einsteinienne, la temporalité se matérialise déjà dans les coordonnées des incertains, à la façon d'une épée crissant en sortie de son fourreau, se mettant en garde avant l'interjection contre celles des autres. La pointe étincelante percera forcément l'enveloppe fragile des victimes de ce temps fabriqué, pour l'exploser jusqu'à la dépérir afin d'en écouler la substance.

Il est peu avant 6 h, donc. Et ça ne va pas durer longtemps.

Max s'est levé mais ne le sait pas vraiment, il est en dehors de la duration humaine, il appartient encore à l'univers, il change de monde machinalement, malencontreusement, oups, parce qu'il croit qu'il le faut bien.

C'est ainsi qu'il s'est dressé, chaussé de chaussons, après défécation de la nuit, s'est douché trop froid, trop chaud, trop mouillé, s'est-il séché ? Sûrement, puisqu'il a passé une chemise blanche, un costume bleu nuit Blues Brothers, on dirait un serveur, il a fait toutes ces choses que vous faites avant de vivre, la capsule caféinée lui a encore glissé des mains, il en a pris une autre, la première restera par terre, fait griller le pain, crisser une chaise sans que ça le gêne, tâtonné la zappette pour que la télé commence son chuchotis. Sur le bandeau, lu partiellement sans le savoir puis oublié tout autant, court une phrase indistincte à la con :

Lyon – Violenc% p+}=^*µ£¸¤ lo!s d'1 con$$$% rout¨^§ !

Qu'est-ce que ça peut bien lui foutre ! Vu que tout est mélangé à sa vue devant des infos faisant acte de présence pour il ne sait pas quoi ni qui. Son appartenance aux autres, peut-être.

D'ailleurs, il ne sait pas vraiment où il est, il croit toujours demeurer dans son lit, il espère encore y être, il va falloir qu'il en saute mentalement pour suivre son corps, s'extirper de la couche… Il a entendu des bruits dans le couloir. C'est facile de s'en rendre compte puisqu'il est conditionné à tous les borborygmes de ce moment somnambulique. C'est la première incartade de la réalité des autres dans la sienne. Il a tourné les yeux vers la pendule tarabiscotée décorée d'une girouette et de chérubins se tortillant pour prendre la pose. Quelle horreur. Derrière son regard, il n'y a plus rien qui se passe. Étrangement. Cette fois, il voit l'instant « T » défiler devant lui, si lent, si long. Silence.

Il sent bien sûr une présence dangereuse puisque muette. La chaise en face est encore plus vide, je veux dire ontologiquement vide. Comme si toutes les chaises devant lesquelles il s'était présenté avaient toujours été vides, ou le devenaient par son seul regard. Comme s'il n'y avait jamais eu personne à table en face de lui et que bientôt ils seront trop nombreux.

6 h 00

L'heure de l'expiation des crimes.

L'instant où ils frappent (à) la porte. Ils n'ont pas le droit avant, c'est la loi. C'est con, une loi.

Avant le fatidique, il y a toujours des chuchotements qui alertent si l'on sait attentivement les considérer. C'est furtif et on se le dit bien après, lors du souvenir de l'aléa. Mais ce matin, les signes sont en partie noyés dans les cricracrocs des tartines et le tagazou des neurones qui commencent à pédaler pour recoller au cheminement quotidien.

Tantôt, le fond de l'air est à la confusion, les jours ont des airs de nuits, et les nuits de jours ; et parfois, jours et nuits sont si flasques qu'ils ne ressemblent à rien. Souvent, ces matins-là s'oublient. Il suffit pourtant d'un rien pour qu'un doute surgisse dans la narcose amorphe issue de cette strangulation journalière névrosée.

Cela peut être un semblant d'écho, un silence douteux, une vague impression dans l'air avant l'agitation.

Les sons, on ne saurait dire lesquels, glissent lentement sous la porte.

Max s'est arrêté de mâcher et s'est mis en apnée, en arrêt de tout, comme ça, en apesanteur, le souffle retenu, la télé a dû faire pause aussi, le présentateur-star figeant sa bouche de cul de poule le temps que le temps démontre sa vérité immobile.

L'instant s'est figé en attendant son éclatement…

...

BOOOM ! BOOOM ! BOOOM ! POLICE !
OUVREZ !
OUVREZ !
…
OUVREZ ou nous défonçons la porte ! …

Ils ont dit des mots de circonstances, bien forts pour le contexte, personne ne s'en rappellera vraiment. Max les attendait depuis quelque temps. Il a été surpris de ne pas sursauter mais a bien senti l'appel de l'adrénaline, il connaît cette montée et la force dont il peut ainsi disposer. C'est un sportif compétiteur.

Les injonctions ont eu l'effet escompté, tout s'est instantanément réveillé, l'action est prête à prendre son allure.

Évidemment, il est allé ouvrir, ça ne servait à rien de gueuler. Police, gnagnagna, ouvrez !

— OUAIS ! Ça va ! J'arrive !

C'est ce qu'ils n'aiment pas. Ne pas être craints. Surtout avec ce « client » qui devrait être facile. Le ton du type est une surprise et vraiment ça les gêne. Ça les gêne même d'être gênés dans les yeux du compère. Une inversion des rôles où ils sont les méchants attendus, les stupides de l'histoire, ou pire, pire, les insignifiants !

Ils n'aiment pas se sentir glisser sur l'existence des autres comme les laitiers jadis, le matin, en laissant la bouteille remplie et en reprenant les autres vides sur le pas de la porte ; ce qui est l'équivalent le soir, de nos jours, et en moins onctueux, du rôle d'un manipulé de la téléréalité.

Alors, instinctivement, sous la montée de l'hormone sécrétée par les glandes surrénales qui accélère le rythme cardiaque, augmente la pression artérielle, et dilate les bronches, agent chimique dont ils ont besoin pour s'énerver et impressionner, ils en font des caisses et des carambars.

Perchés sur leurs rangers, se gonflant d'autorité, les voilà qui agitent via le judas des documents authentifiés avec cachet faisant foi, sans toutefois laisser la possibilité de les lire. Instantanément, dès l'ouverture de la porte, avec une rapidité folle et une habilité foudroyante, Max leur a chipé à la volée ce papyrus multicolore qui se promettait d'être plus fort qu'un joker à la bataille. LE document omnipotent, pondu par l'administration impersonnelle et catégorique, pourtant tellement feuille en papier.

Dérisoire.

Dans le bouleversement et le burlesque du moment, Max a… bouffé l'invitation !

Happée dans sa gueule en regardant l'ex-porteur du document profondément dans les yeux… le transperçant à travers la pupille… traversant la rétine… cherchant dans son petit cerveau une once de honte.

Non, il n'avait pas honte, il n'avait rien que des sentiments bouillonnants noyés dans la chimie humaine.

Max machait leur papier !

Le symbole qui les rendait tellement supérieurs, leur étoile de shérif ! Leur paire de couilles !

On aurait dit qu'il leur pissait à la gueule. Comme si c'était un document personnel, familial, imprimé par leurs grands-pères qui l'avaient transmis à leurs pères et qu'ils comptaient le confier en hérédité à leurs fils.

Faut vraiment être con pour s'attacher à ce genre de truc !

Les deux n'ont fait plus qu'un dans la brisure du temps…

Ça n'a pas duré, presque rien, mais s'est installée une véritable parenthèse avec distorsion du continuum espace-temps.

Ils ont bondi d'un seul homme… oh, un petit bond, celui d'un réflexe ou d'un ressort, ou d'une poule qui, après vous avoir vu de travers, vous confond avec un gros grain de maïs.

Pouët !

6 h 05

Ils ont pris leurs airs martiaux mais je suis un art martial, avec une propension à l'explosion.

Un judoka.

Je l'étais, le suis. Les conjugaisons de la langue française ne peuvent établir clairement la relation avec un art. J'ai dépassé l'âge des compétitions, je m'entraîne peu mais tout reste ancré, au ventre, parfaitement génétiquement modifié, à la façon d'un superhéros super-discret.

En combat, je fais plus que simplement me battre, plus que rivaliser, je construis avant tout un jeu intellectuel, le physique n'étant là que pour suivre ma tête, non pour imposer une suprématie de brute.

Dans mes mains, la confrontation se bâtit continuellement sur la désinformation, tout ce que je laisse percevoir à mon adversaire est faux. Je bloque la réalité pour n'en faire aucun aveu. Je suis judo dans ma façon de déambuler dans ce monde en me confrontant aux autres pour améliorer ma pratique en toutes choses. Jusqu'à une date récente, au gré de mes déplacements professionnels, je défiais les pratiquants des clubs locaux dans quelques régions de France ou pays du monde qui me supportaient. Je bravais des Bretons, des Parigots, des Provençaux, des Allemands, des Italiens, des Espagnols, des Canadiens, des Ouzbeks, des Géorgiens… des Japonais en cerises sur des gâteaux de couleurs, celles des ceintures et des judogis. En pur amateur mais sans amateurisme, je m'évaluais face à des champions en devenir comme ceux confirmés avec écussons et entraîneurs, dans une recherche du bon geste qui sera beau forcément. Le judo, c'est indéniablement de l'art. Dans ses déplacements, ses positionnements, ses déséquilibres savants. Un jeu artistique pratiqué intellectuellement par des athlètes. Je gagnais, je perdais, mais je gagnais quand même par l'acquisition de pratiques différentes, lointaines et authentiques. Rien de ces simagrées et autres simulacres diffusés à l'occasion de Jeux olympiques où seule la médaille compte. Quelle dérision hérétique ! D'ailleurs, je n'ai pratiqué la compétition que pour obtenir les points nécessaires me permettant de gravir les grades. Rapide, efficace, façon oblitération du ticket qui sanctifie le dan (niveau). En compétition, tu ne dois pas tomber, alors que la beauté de ce sport martial est pourtant dans la chute et le moyen d'en faire une opportunité, un atout. Tu me feras chuter deux fois, je t'enterrerai dix, c'est ce qui montrera le vainqueur, non pas celui qui le fera en premier. Accepter la possibilité de chuter ne veut pas dire y céder. Mais c'est tellement plus pur.

Pour ces deux flics, c'est idem. Un autre défi. Ils m'obligent à tendre les poignets pour les enserrer dans des menottes en acceptant l'humiliation pendant qu'ils se croient si forts.

Quelle opportunité !

Je ne pratique plus le combat errant depuis un passé récent, mais je sais encore qui je suis.

Pour eux, je semble résigné, inoffensif, apeuré sûrement, l'hébétude est dans mon langage corporel puisqu'ils veulent qu'il en soit ainsi, mais ils ne regardent pas mes yeux que je cache. J'ai toutes les informations et je me sens prêt. Lorsque je déclenche les séquences, c'est suivant un automatisme devenu quasiment reptilien. Mes gestes savent ce qu'ils doivent faire presque malgré moi. Ils n'attendent que le signal.

L'un regarde les bracelets à fixer en se concentrant sur la chaînette, l'autre est déjà mentalement dans la voiture.

— Ça y est ? … dit-il en l'air.

Je saisis les deux poignets du premier et le projette par-dessus ma hanche, la chute est lourde. L'autre se retourne, un coup de pied au tibia, son attention est accaparée par la douleur et la jambe n'est plus en appui, c'est le timing idéal pour le grand fauchage extérieur en propulsant d'une main sur le nez l'impact de la tête au sol.

PAN !

Je pourrais les mettre hors de combat définitivement.

Casser un bras, étrangler un cou. En moins d'un souffle.

Mais non.

Ça, je ne veux pas.

Le judo est une pratique martiale codifiée en sport. On ne tue pas.

C'est un jeu, je le dis.

J'estime à deux minutes l'avance que je me fabrique.

Si je les étrangle de façon sanguine, sans véritable risque pour leurs vies, ça devrait m'en laisser cinq supplémentaires. J'hésite. Je sais que cette hésitation rend derechef cette tentative nettement plus difficile.

Je fuis en les laissant choir.

Ça s'est passé si vite, à peine, pfff… Je suis dehors, le jour lape les traces de la nuit comme on le fait d'une assiette. Je me cache derrière la haie, à couvert, pour observer leur réaction et m'assurer de leur direction.

— Ah merde ! L'enculé ! Putain de ses morts ! Il m'a fracassé ! Rien de cassé ?

— Le bâtard ! … Par surprise ! … Putain, j'ai une bosse !! …

— On fait, quoi ?

— On fait quoi ?! … Mais t'es con, hein ! …

— Ta gueule ! Ne commence pas avec tes grands airs !

— Ouais, ben, on le course et on appelle Fort Apache pour des renforts ! …

Voilà, celui qui aime les vides après ses exclamations sera l'« Apache » et l'autre qui gueule : « Ta gueule » ! Ça leur va bien.

Ils galopent en claudiquant, direction à droite. Pourquoi ? L'instinct du flic, *I presume*. Je fuis à gauche après quelques secondes.

Il faut que je fasse gaffe ; à cette heure, les travailleurs fuient doucement leurs maisons pour reprendre par devoir et besoin leur sacerdoce, tandis que les naufragés de la fête échouent sur les rivages poilus des paillassons ; alors un affolé, ça se remarque. Je tente de marcher seulement vite pour ne pas trop dénaturer dans l'ambiance, tandis que j'entends les compères pas si loin héler du renfort. Le rataplan incessant de leurs cris amplifiés par le haut-parleur réclame son sang… et curieusement la virginité de ma mère, va comprendre.

La rue sent le froid et l'humidité même si la pluie vient de cesser, cette odeur que prennent les choses à basse température lorsque les gaz d'échappement deviennent visibles et lourds comme le mot « butane », restant dans l'air et les narines plus longtemps par sa seule sonorité. Butane. Les bagnoles tentent bien de réchauffer le climat, mais pour aujourd'hui, ce sera en vain.

Me voilà dans l'affolement en pleine rue, je n'arrive pas à masquer grand-chose, dans le j'm'en-foutisme délétère quotidien, le contraste est saisissant. Je traverse les lumières de la ville au trot maintenant, elles sont pâles, sortant mal de leur torpeur, elles s'éteignent à vue d'œil, laissant place à la couleur blafarde d'un soleil qui tarde à venir. C'est ainsi, et aujourd'hui c'est pareil, que la nuit et ses luminosités disparaissent en une lente reddition blême. Même le temps semble ne pas encore être d'avis de s'écouler à la même vitesse suivant les différents espaces. Il y a le décor qui se réveille et moi qui creuse en sillon temporel, qui m'agite pendant que tout feint d'être calme avant le grand affolement coutumier.

Pendant que je cours, je repense partiellement à ce qu'il vient de se passer. Pas l'enchaînement, cela demande de la concentration que mon pouls à 170 battements par minute ne permet pas. Juste quelques flashs d'impression désordonnés. En descendant un bout d'escalier, que je n'avais jamais remarqué jusqu'alors, je repense au rictus du visage du plus âgé des deux flics. Une seconde avant qu'il ne chute, juste avant que ne se referme la porte sur mon ancienne vie. Que voulait dire son expression ? J'y ai perçu le soupir d'un oracle qui sait ce qui va se passer, l'expérience de celui qui est désolé par avance ; qui accepte les événements ainsi révélés, les destins à défaut de destinées, qui ne luttera pas contre le drame à venir, ne le trouvant pas spécialement juste mais inéluctable, donc aussi rassurant que déculpabilisant. J'avais probablement perçu aussi le minuscule, l'infime et amer froncement sourcilier accompagnant le lancer de dés annonciateur de la fin de la partie. Je ne laisserai pas le doute s'installer en moi, je n'ai plus qu'à m'accrocher à l'actualité. Je me suis échappé, je cours, je vis, je suis libre car j'ai des choix possibles. Je choisis de courir, après on verra.

6 h 10

Le costume rêche et le soleil râpeux me brûlent déjà les cuisses.

Mes poumons sont en mode turbo et la surcompression ne dure jamais longtemps, la douleur thoracique oppressante est le gage que l'effet de l'épinéphrine coulant à flots dans mes artères va bientôt être libérateur d'un souffle nouveau. Pour une courte durée seulement. Après, il faudra réapprendre à respirer, à réfléchir et à gérer les efforts.

C'est l'avantage d'être sportif, on connaît son corps. Et celui d'être combattant est de pouvoir se débarrasser des deux guignols (nous sommes à Lyon tout de même) si facilement. Mes connaissances de la situation s'arrêtent là. Où courir ? Tout droit, direction le Rhône pour la presqu'île. Je connais par cœur, depuis toujours, mieux que les frères Lumière qui l'ont explorée pour en inventer des films saccadés et immortels, incertains comme il en est de toutes inventions décisives. Le panorama m'est plus que familier, c'est ma famille. Plus loin, après la paisible Saône, il y aura les traboules, ces passages étroits des pentes du vieux Lyon traversant les enchâssements d'immeubles, de cours intérieures en balcons privés. La résistance française y dupa la Gestapo, je devrais bien parvenir à mystifier mes poursuivants que je suppose moins talentueux dans la cruauté.

J'ai une direction, un mini projet, des solutions, des jambes et les poumons… mais des habits inadaptés qui me frottent et grattent.

Il n'y a bien que James Bond pour savoir courir en costard !

Par réflexe de footing, je me cale sur ma cadence de course, je la connais bien, j'oscille entre 10 et 12 km/h suivant l'inclinaison.

La quarantaine est l'apothéose d'un homme, il est urgent d'en profiter pour tout tenter. J'ai tenté tout ce qui est autorisé et même plus. Les retraités vous diront que la vie commence à soixante et des poussières d'années suivant les trimestres cotisés, mais personne ne vous dira qu'elle s'est terminée à cinquante. Par la baisse de sa libido qui ne fait plus chercher de conquêtes, par la perte des capacités permettant d'obtenir plus de toutes choses et avantages, par l'absence de perspectives qui ne l'autorise pas à les garder, par ce ventre qui pousse enceinte de sa propre mort à venir s'il continue à croire que manger sain est une connerie.

Je vois poindre tout ça, je regarde autour de moi, et je m'insurge par avance de l'iniquité de l'âge à venir.

Je cours comme on le ferait lors d'un baroud.

Pfff, pfff, han, han, pfff, pfff, han, han, pfff, pfff, han, han, pfff, pfff, han, han, pfff, pfff, han, han, pfff, pffffffffffffff, han, han, pfff, han, han pfff, han, han, pfff, pfff, han, han, pfff, pfff, han, han, pffffffffffffff, han, han, pfff, pfff, han, han…

6 h 15

Je me déplace dans l'œil d'un cyclone, le centre est à peine calme, seulement trahi par une excitation électrisante, le pourtour de l'onde de ma course se teinte mentalement de couleurs sombres et d'une agitation subtile, par petits signes puissants, en attente de la bourrasque. La gravité du décor m'indique qu'il se détruit à mesure de ma foulée. Mon monde sombre, ploie sous son poids tout en paraissant le même. J'ai bien conscience que ce n'est que l'effet de mon imagination et de la panique intellectualisée me gagnant. Mais le monde n'est-il pas constitué de nos affabulations ? N'est-il pas unique à chacun ? N'est-il pas relatif à notre cerveau gavé d'a priori et de constructions mentales toutes personnelles ? Nous vivons dans un archipel de microcosmes égocentrés où mon île volcanique est en train de bouillonner dans la mer après l'irruption de son Krakatoa.

La nuée ardente doit être en train de se répandre sur mes pentes puisque l'asthme me vient.

Oui, l'asthme, toujours l'asthme, à l'effort et au printemps. Sans cette carence pulmonaire, j'aurais probablement été champion du monde… de quoi ? … je ne sais pas, de ce que j'aurais voulu… judo, boxe, curling ! Nombreux ont mon essoufflement circonstanciel sans bien le savoir, le monde n'est pas toujours versé à l'effort, mais beaucoup aiment la nature et s'en approchent de trop près ou trop mal. Il n'est pas nécessaire de posséder un supplément d'âme pour être enclin à la nature malgré les économbreux voulant nous le faire croire ; Landru l'aimait, Hitler l'admirait, Néron s'en délectait ! Mais voilà, dans mon cas, la question ne se pose même pas, c'est elle qui ne m'aime pas ! Alors, je le lui rends bien ! … Je pisse sur les roses, piétine les pelouses interdites et ne regarde les mimosas que du coin de mes yeux enflés ! … Je ne vois dans les anges chevelus lâchés à mi-hauteur par les arbres en guerre contre moi que de dangereux parachutistes ennemis sautant sur mes lignes arrière. Leurs corolles, se répandant en poussière sur les voitures, sont à mon nez d'horribles éclats de plutonium appauvri sur le blindage mal ajusté de mon véhicule trop perméable ! …

Et maintenant que mes poumons me sont les plus nécessaires, voilà que ma gorge enfle, que je siffle le strident du train à vapeur arrivant en gare ! … L'agression invisible est constante et délibérée, les éléments naturels se liguent !

Toutes les choses semblent pourtant à leur place, elles paraissent juste plus nombreuses, plus lourdes, plus froides, plus graves, même la télé doit toujours fonctionner chez moi, ça paraît incongru de penser à ça en ce moment, mais c'est ce qui subsiste de normalité se heurtant à la réalité. Le café doit être maintenant infect, le wouah wouah des pubs ne plus gêner personne, les éclairs de couleurs factices n'éclairent aucune gueule, l'ancien monde tourne dans le vide. Un silence glacial intérieur règne à fendre les pierres, un silence à ne pas s'entendre.

Je ne comprends rien ou ce que je comprends n'a pas de sens pendant que la peur fait son apparition en douce. Ça tombe bien, c'est une aide pour courir plus vite. Cette véritable peur qui mène à l'exaltation de se sentir vivant. Mais qui ne devrait pas ! Ce n'est pas encore la frousse, les digues chimiques du cerveau tiennent bon. Je cours, et à chaque foulée j'oublie tout aussi vite les humeurs naissantes qui m'apparaissent en éclairs. Les bonnes choses, les mauvaises, les pires, les pourquoi, les comment surtout, mais les gens ne s'effacent pas. Il y a les gentils, tous ceux qui m'ont fait du bien. Et surtout les mauvais ou ceux qui auraient pu faire mieux mais qui ont choisi le mal de l'indifférence. Leurs têtes courent à mes côtés, des ballons à l'entraînement et mes pas shootent dedans, mais ils reviennent. Shootent encore. Shoot !

Mes veines saillent sous l'afflux d'oxygène porté par le sang, pompé par le cœur en tambour, je le vois sur mes mains violacées, palpitantes, au réseau plus serpentin que le sol qui me dérobe.

Les bruits sont ouatés, chuchotés, émanant des confins, sans rien de sécure, aux frontières du monde intelligible connu, aux limites de l'ouïe.

Je me revois jouer aux jeux favoris de mon enfance, aux flics ou voyous, je gagnais toujours… mais j'étais le flic.

Sous la pression de la traque, l'air se densifie, s'électrise, proche de l'hystérie. Fuir le cachot.

6 h 20

Ce qu'il lui fallait peut-être à ce moment de sa vie, c'était une épopée pour savoir s'il se perdait dans la bonne direction, celle écrivant sa propre légende.

Une résurrection à la faveur d'une insurrection.

S'il avait été grec, il aurait poussé un caillou ou se serait fait bouffer le foie à perpétuité. En bon Français, il se contente de se mouvoir dans le fumier et ses réminiscences de gaz fétide souillant ses pattes de gros coq. Cocorico !

À courir au max sans compter ni gérer, le corps dans cet esclandre lui hurle de récupérer.

C'est ce que suggère le grand raphia dans sa poitrine, la douleur dissimulée derrière les endorphines fabriquées en urgence par un cerveau à contribution de la trouille ne devient plus qu'une contingence pendant l'observation des alentours. Des bruits. Des ombres. La clarté matinale absorbe ce qu'il lui reste de souffrance. Elle se volatilise dans la reprise des sens.

À tour de rôle des attributs masculins, il est à nouveau opérationnel avec un peu de déchets organiques, d'acides lactiques crispant les muscles, et un début de sensation lourde aux mollets.

Les détritus provoqués par la débauche de calories se répandent dans le sang… mais ça ira.

Il est convaincu que depuis le déclenchement de cette guerre d'attrition d'énergie, les deux golgoths à sa poursuite sont dans un état pire que le sien.

Il faut vous dire que Max cultive un côté Bébel.

Il se croit dans un de ces films d'action dont il se gave jusqu'au dégueulis, à regarder en bavant sur son bide. Celui avec la bombe dans le coffre de la bagnole, par exemple, comment s'appelle-t-il déjà ? Les spectateurs sont là, à mater les caïds qui se bousculent sur la plage arrière de la caisse américaine sans savoir qu'ils vont faire « badaboum » en Dolby Atmos DTS : X ! Seigneur, les cinéphiles dans la confidence du scénario s'en chieraient presque sur leurs pompes ! Et tous ces thrillers qui ne sont pourtant jamais la vie, pas même une plausibilité, le bousculent quand même ; il a toujours l'impression qu'on pourrait l'inscrire en tant qu'acteur vedette dans n'importe laquelle des séries cinématographiques : *Die Hard*, *Jason Bourne* ou *Grandpapa 007*. Bien achalandé d'un wagon de popcorns et à l'affût des répliques dont tout le monde connaît déjà la finesse adulescente, il se délecte. Il aime la façon dont ces films accélèrent le temps jusqu'à le compresser, jusqu'à ce qu'il ne veuille plus rien signifier. En deux heures, une enquête qui prend des mois est réglée et on ne s'enquiquine pas à attendre des années le passage des méchants devant un juge avec une peine qui sera aménagée… Là, rien ! Puni ! Du sang et la mort ! Les tripes à l'air en 3D morbide. Il ne fait pas bon être le vilain Raoul dans ces longs métrages ! Le trépas sera spectaculaire avec de l'hémoglobine et une explosion éparpillante ! Max aime les bader seul dans la pénombre de la salle de projection. Il déteste que les autres ne soient pas aspirés par les événements, qu'ils posent des questions en dehors de la pellicule (« il te reste des cacahuètes ? ») vous expulsant délibérément de la redoutable intrigue, ou pire, les « lui, c'est un traître » qui l'empêche définitivement de se duper. Il veut vivre authentiquement ce moment fictif.

Décidément, il se croit maintenant défiler à 24 images par seconde, tout semble irréel, mais dans ce synopsis véritable, que se passe-t-il derrière la bobine ? Comment font-ils pour manger, pisser, assumer, se reconstruire de leurs névroses ?

Dans son long métrage qu'il se tourne en direct, il y a un truc qui lui échappe, qui se débine. Ça commence à lui foutre les chocottes juste après l'excitation. À bien y réfléchir, il n'y a pas de héros dans ce script, pas le bon rythme, même pas de spectateurs. Ils lui font peur avec leurs peurs, ce n'est plus drôle ! Aucune blonde pour se pâmer. Tout est con, vraiment con. Est-il un gentil… ou le méchant. Aucune idée, mais il se sait seul contre tous. Et dans ce genre de film, c'est bien le signe d'être dans le vrai… tandis que dans la réalité, c'est plutôt mauvais signe.

La liberté, c'est la loi, et la loi protège et punit.

Mais la loi, c'est eux. Lui n'est qu'un nom anonyme devant elle. Ce n'est pas antinomique ni un pléonasme.

Comment l'appellent-ils tous déjà ? Puisque ce ne sont que les autres qui nous nomment. On ne choisit pas plus son prénom que son nom, ni son surnom. À moins d'être un dictateur en costume de fanfreluches. Quelle est son étiquette ? Max ! Ou Brutus (pour ceux qui s'y sont frottés), le Flambeur (pour les autres de passage dans sa boîte), Monsieur « comment déjà ? » pour la fleuriste qui ne reconnaît personne, « L'autre là ! » pour le voisin d'en face, « Le type du rez-de-chaussée… » pour celui d'en haut. Il n'y a pas la moitié de ses surnoms dont il se doute. « Monsieur Gnagnagna Max »… pour l'huissier : né le, à, est accusé de… voilà son nouveau patronyme depuis quelque temps. Un justiciable n'est pas tout à fait anonyme, mais il n'est déjà plus citoyen. Accusé, levez-vous !

(Oui, voilà, c'est moi.)

« Appelez-moi Max !
MAX ! MAX ! MAX !
Je sais qui je suis, bordel, je sais !
Je fais tout au max, ce prénom m'a déteint dessus,
on ne fait qu'un !
Je ne voulais que vivre au maximum ! » hurle-t-il.
…

« L'épée du destin tranche encore une fois la tête de
l'hydre du hasard. »
Il se demande où il a pu dénicher cette phrase qui
vient de se jeter dans sa caboche. On visualise bien un
chevalier portant une rapière dotée d'un surnom mi-
gnon, se battant contre un dragon à plein de têtes
barrant l'accès d'un château. Ça fait phrase de légende
allemande, un peuple qui s'y connaît en destin… qui a
cru en avoir tellement… mille ans devaient être la durée
minimum du bail de son dernier Reich… le héros n'a
pas dû trancher la bonne tête… ou le hasard a fait un
croche-patte… par inadvertance, évidemment, il ne le
fait jamais exprès…

Max a passé son enfance chétive à être moche, un
petit laid à peine écrémé. Mais lorsqu'il est devenu cos-
taud, il s'est métamorphosé en dur, un bad boy. C'est
beau la laideur avec des muscles, du volume sonore et
de l'assurance. Ça donne un style. Bébel toujours (toc
toc badaboum) ou Stalone (grrrrrrr), Bronson (…) vous
le signifierait silencieusement bien mieux que moi.

Mais ce n'est pas sa laideur qu'il contemple dans sa
course, mais son enchaînement de stupidités. C'est d'abord

l'école où on ne choisit rien, les études et l'angoisse où elles mènent… Est-ce qu'on va y arriver ? Mais à quoi ? Puisqu'après, c'est plus de quarante ans à subir au travail ce que les autres vous imposent, cinq jours sur sept, quarante-sept semaines par an, puis la retraite pour se sentir inutile pour la première fois, alors qu'à bien y regarder, cette utilité n'était pas tellement avérée, enfin se savoir vieillir en bougeant de moins en moins jusqu'à l'immobilité du corps et des idées, pour n'en avoir plus qu'une : la crainte. Et pour conclure, un cancer, une crise cardiaque, un accident con, une sortie de voiture, quoi d'autre (?), un attentat, une noyade, un meurtre, un incendie, une chute de cheval, un coït interrompu, rayez la mention inutile. Rien ne va plus.

C'est ça la vie, on se demande quand elle est à soi.

Bien sûr, nul n'est responsable de ce qui lui arrive, mais chacun l'est de ce qu'il en fait.

6 h 25

Je cours et je grimace, ainsi le faisait le grand coureur Zátopek lorsqu'il sentait le souffle de Mimoun sur sa nuque. Je balance des insultes bavées en mua thaï du genou dans les parties des poursuivants crétins qui ne doivent pas me rattraper.

Je me demande déjà si c'était à refaire, je le referais… C'était beau mon soudain Sode Tsurikomi Goshi pour l'un, enchaîné par un O Soto Gari des étoiles à l'autre, à montrer dans toutes les écoles… du banditisme !

Dans un jeu vidéo, j'annulerais bien cette partie pour la jouer à nouveau… et puis tant qu'à faire, j'irais rebooter le tout à son commencement… mais c'était quand déjà que tout a glissé de travers ? Avec elle, sûrement. Elle.

Ça doit bien être possible de revenir dans le temps puisque certains ne font jamais d'erreur aux yeux des autres. Ils doivent à tous coups avoir le pouvoir de rembobiner la pellicule des événements, sans même le savoir. Rejouer leur journée, invariablement, chaque matin, jusqu'à ce qu'ils tracent brillamment le tableau les faisant basculer dans une autre journée parfaite et sans fin gâchée. Et nous, les « moi » qui n'avons d'autre pouvoir que celui de la connerie, nous attendons bloqués dans notre réalité où nous nous faisons chier, où le seul passe-temps (quel mot horrible) est de le tuer (le temps). Lorsque la bobine des doués se réenclenche, quand ils ont fini de prendre leur élan pour passer au jour d'après, c'est toujours par surprise pour les autres ; nous, les normaux, sommes continuellement pris en défaut d'improvisation.

Bon dieu, j'ai bien entendu que le temps est relatif ; qu'il ne s'écoule pas à la même vitesse depuis Albert le décoiffé ; que la masse influence l'espace-temps ; si tout cela existe, si ce n'est pas une invention fumeuse comme il est en de toutes sciences après validation de la prochaine hypothèse. Ma vie doit être bien légère pour se distendre en courses incessantes sous le poids des autres !

Si j'avais eu ce pouvoir de la variation de la vitesse du temps, j'aurais enclenché la marche arrière pour la jouer comme Beckham, avec classe :

« Bonjour Messieurs les policiers, il fait frais ce matin pour sortir… Oui, c'est bien moi, mais vous devez faire erreur, je n'ai strictement rien à me reprocher… Pouvez-vous me beurrer les tartines pour rattraper le retard que vous provoquez ? … Merci, vous êtes bien aimables… » Mais non, ils ne me croiraient pas, ils ne croient en rien, ne respectent que la loi qui est aveugle sur sa balançoire Roberval. « Ne vous fâchez pas, vous pouvez ranger vos armes, je ne vous suivrai pas, je n'ai pas à le faire, je vais bien, merci… Non, non, n'armez pas ! Ne tirez pas !! »

Voilà, pan, je n'arrive pas à trouver une fin convenable à ce matin 6 heures. On ne peut rien faire contre certains petits destins. Le Destin, lui, n'existe pas, il faudrait croire en Dieu pour croire en lui. Et Dieu n'existe pas, autrement je n'en serais pas là !

Jouer avec le temps, le défier est vain, tous les vieux boxeurs vous le marmonneront. Croyant le combattre, ils font tous les combats de trop, encaissent les coups assassins devenus imparables. Les plus grands autant que les autres. Même The Greatest, Ali, a été vaincu par l'âge matérialisé en des boxers plus frais, des jouvenceaux indignes de lui… pour trois défaites dans ses quatre dernières rencontres. Il n'avait même plus le panache de les faire trembler, mais il les a affrontés ! Alors pourquoi me cacher ? Pourquoi ne pas leur faire face, à tous ! Un par un ! Comme lui. Comme Ali. Comme en 74 à Kinshasa contre le jeune Champion du Monde pour le culbuter ! Ali boma yé (Ali tue-le) ! Ali boma yé ! Maxi boma yé ! Maxi boma yé ! Moi Ali, eux Foreman, Frazier, Liston, Norton, Shavers, Spinks ! Je volerais tel un papillon pour piquer comme une abeille, un frelon, un aigle, et eux ne seraient que des momies ou des légumes ou des zombies, avec leurs pieds plats, des gorilles ventripotents, je verrais venir les coups au ralenti, le sourire aux lèvres, les esquiverais avec adresse, pour remiser des deux poings, des pieds, de la tête, ou avec des torpilles, des roquettes, garnies d'explosifs, de pouvoirs surnaturels, de la foudre, à m'en faire mal puisqu'ils en-caissent bien, les salauds ! Ils subiraient ma pluie divine, je ne m'arrêterais plus, à peine fatigué, courant de l'un à l'autre, courant d'air, et ils penseront que je les cerne, qu'ils combattent cinq ou six Max ! Leurs mamans pour unique recours, ah ils peuvent chialer, je serai insaisis-sable et cruel. Tout comme eux. Personne pour nous séparer, de la poussière je m'extirperai pour faire sus au prochain. Oh oui, je peux courir encore longtemps et ré-sister toujours.

Mais Ali a perdu…

Il est revenu mais a perdu… et encore perdu… enfin devenu l'égal de tous les autres. Il les a faits, les duels qu'il ne fallait pas. Beaucoup trop de trop. Et pourtant, il est encore dans nos mémoires.

Me battre jusqu'à me métamorphoser en mémoire… et dans quelque temps, pour des exaltés, avec les bons mots, être un exemple… suffisamment pour se placarder en nom de rue, de place… puis les simples lettres d'une impasse oubliée… et biffée… enfin plus rien… si, là, un type qui se souvient… un peu… avec des erreurs ou pire, des confusions… non, je n'ai pas été champion du monde… je ne représentais personne, c'était juste pour ma liberté.

Je me figerai dans l'expression des pierres. Mais je ne suis rien. Je cours.

Et courir isole, dans mon cas à peine un peu plus. J'en ai maintenant l'habitude, ça vient vite une habitude, et par mégarde, ça vient tout seul avec l'égocentrisme. Une fuite, c'est toujours égoïste et seul, et seul t'es con, endaufé du monde, à plus d'un mètre dans les files d'attente des bons moments, d'attente de n'importe quoi, t'es le seul qui regarde la caissière comme si elle existait vraiment, donnant ses faux sourires et ses bonjours obséquieux sans qu'ils répondent, à peine un « bjur » pas poli, à quoi ça sert, j'y suis obligé, automatique, mais elle ne change pas sa façade, elle n'a pas compris que j'étais humain, moi, alors dans ces moments, je balance ma silhouette dans la rue, le pas d'une étrave pour fendre la masse de chair informe, d'habitude ils ne se poussent pas pour me laisser place, c'est moi qui les pousse, c'est plus direct, cherchant la merde du regard, pour un coup de poing ou de gueule à une racaille, ou son prototype déclaré, viens, ose avec moi, connard… con que je suis… misanthrope devenu, c'est plus beau et moins de ma faute. Heureusement, je vis encore sur les rézo(a)socios, ce n'est pas vraiment sain, ils me déguisent, tantôt trop gentil, tantôt troll, sautant à la moindre mèche, j'en croise des tas mais jamais à portée de main, de beigne, on ne peut pas se cogner, c'est mieux, définitivement préférable, plus aseptisé dans la haine, plus confortable dans le désespoir, plus divergeant sans conséquence, moins risqué pour la société, pour la justice qui est déjà prise par autre chose, occupée comme des chiottes fermées, qui tente de régler les problèmes politiques s'érigeant trop lentement en contre-pouvoir pour mieux asseoir le sien. Ces jours-là où je sens que les autres ne me reviennent pas, quand ils marchent sur mes pompes pourtant bien installées dans ma zone de sécurité libertaire derrière mon écran, d'un geste je file, je disparais, les laissant à leurs démangeaisons, et ça les gêne de ne plus avoir de récipiendaire à leurs haines stéréotypées, néanmoins je sens qu'ils me voient, c'est à ce moment que je ne vous supporte pas. Il me suffit pourtant d'attendre le lendemain pour être content de vous voir, oui, content de l'échange à venir, et être à nouveau dans votre normalité. C'est quand je me tais que j'aime à me rapprocher de ceux qui parlent trop fort par volonté de territoire. Coucou, j'entre, je dérange ?

J'aimerais courir équipé des vérins du Terminator, dans une ville pourrie, endormie, repue d'elle et de ses injustices, avec un but inavouable derrière des lunettes de rocker cocaïnomane. C'est beau une ville qui se réveille par ma peur, ça me rend au moins important.

6 h 30

— Regarde, il est là-bas ! … Putain, il nous a fait courir ce con ! …

— Ta gueule ! On a bien fait de reprendre la bagnole ! Il est en forme, le gaillard ! Ça… ça… ça… ça doit être un sportif ! Vu la vitesse de déplacement ! Et la raclée qu'il t'a mise !

— Ben oh, toi d'abord ! …

— Ta gueule ! Moi, c'était par surprise ! Et conduis pour être au plus près ! En douceur ! Attends, c'est à sens unique ! On va l'épingler en le contournant !

Pffffffffffffff, han, han…

Voilà, je cours donc je pense. C'est ce qu'aurait dit Descartes s'il avait chaussé des AdiNike. Avec ou sans écouteurs, c'est pareil. Courir, c'est penser. La plupart du temps, à rien. Et puis, au détour d'un virage que l'esprit n'aura pas pris, tout droit en croisant un visage.

Je vois le sien.

L'amour n'est jamais une excuse ou un prétexte, tout juste une connerie. Oui, j'aime les mots « conneries », « cons », « connards », ils se comprennent de tous, possèdent une définition large et universelle, un mot-valise transporté par tout le monde, une onomatopée, une ponctuation. Ducon. Elle était un petit caillou sur mon chemin. Qu'est-ce que ça peut un caillou, ça pense à quoi une rocaille ? J'aimerais voir avec ses yeux peints sur le minéral, sûr qu'ils ne pleurent pas et qu'elle est plus heureuse que moi.

Je sens que je vais ressasser à nouveau cette histoire, ressentir cette petite pointe de douleur familière, ça tombe bien, c'est en accord avec l'atmosphère du jour, et puis c'est l'aboutissement ! La note finale !

Un zéro !!

Allez, je me fais le coup des souvenirs, mais rapide, hein, on n'a pas le temps, on n'a jamais le temps.

Becoming me.

On s'est connu, on s'est reconnu, on s'est perdu de vue, on n's'est plus perdu de vue. Dans cet immeuble de la même plaine à deux versants. Le mien, issu de prolétaires s'enrichissant chaque année jusqu'à déménager dans son quartier à elle, huppé à souhait depuis les débuts de la bourgeoisie industrielle. Ma nouvelle classe sociale, nouvellement moyennement supérieure, se trouvait à l'endroit de ce qui la faisait rêver, et souhaitait insidieusement fermer la porte aux autres désireux de s'y engouffrer. L'élite ne doit pas être nombreuse si elle veut profiter de ses privilèges.

Elle en était un, à n'en pas douter.

Son papa ne me la destinait pas.

Sa maman me haïssait silencieusement.

Nous sortions ensemble par rébellion, par amour peut-être, mais qu'en sait-on de l'amour ado ? Une liaison de bécotements, de pelles à la pelle, de touchers et de halètements, de jalousies et de défis, de cinéma et de lettres cachées dans ses poches pour la surprendre. De sourires et de pleurs. De passion.

Ils l'envoyèrent à Paris, post-bac pour des études de je ne sais quoi.

J'étais fou d'elle.

Fou. Je n'étais qu'un fou.

Je lui écrivais tous les jours, elle aussi, puis elle moins, moi toujours, puis elle rarement, moi encore, puis elle plus…

Il faut dire que Paris était aussi loin que l'Australie, à l'époque et pour celui qui ne connaissait que sa banlieue. Ses études de trucs étaient très prenantes, des partiels, des soirées nécessaires, paraît-il.

J'ai investi dans un billet de TGV, suis allé à l'adresse, ai attendu. Le soir, elle s'est pointée avec un type. J'ai voulu lui parler, elle était gênée. Il s'est interposé pour s'imposer. Évidemment, j'ai dû vouloir lui péter quelque chose, euh, tout ce qui pouvait se briser avec des poings.

Et pourquoi j'avais fait ça ?! me demanda-t-elle. Mais ça va pas, non ! reprit-elle. Il fallait que je comprenne la situation, ses relations, les mondes différents.

« Je ne veux pas te faire de mal, mon Mad Max, tu es si important pour moi, c'était si bon, je t'aime, smack. » Au revoir, puis un clin d'œil. Ça nous a remis en contact, mais cachés.

On a multiplié les moments physiques… avec des coïts suffisamment mémorables pour bâtir des fantasmes pour le restant de nos nuits.

Les corps, nos corps, se sont analysés puis cernés. Ils s'attendaient. Tels des Rubik's Cube, ils savent leurs faces, le désordre apparent n'est qu'à portée de quelques manipulations. Je souris en songeant qu'elle doit craindre de perdre définitivement son amant éternel, inépuisable, et seulement silencieux dans le repos ébahi de l'instant sirupeux. Je sais qu'elle doute de mes déclarations trop enflammées qui ont toujours du mal à résister à la vérité. Je l'aime ou je fais semblant, ce qui est suffisant.

Aime-moi ! Aime-moi vraiment ! Tel que je le crois. Embrasse-moi ! Embrasse-moi plus fort ! C'est pour toi que je cours, que j'ai toujours couru. Je t'ai couru après, je t'ai couru avant, je t'ai couru pendant que tu les écoutais, qu'ils te distrayaient. Ma bouche est ouverte, jettes-y ta langue, laisse-moi l'avaler, la tordre, la lécher, et te mordiller l'oreille entre deux foulées, va dans mon cou, bois ma sueur, passe tes mains à l'arrière de mon crâne, là l'occiput, dans mes cheveux poisseux, je m'enivre des tiens à la camomille des shampoings télé, je sens ton sang et je deviens vampire, pas le temps, c'est toi qui croques jusqu'à l'hématome sur ma peau fragilisée par le tempo, tu me suçonnes, je t'aspire, ça m'apaise, ça t'excite, oui je te prends par les seins, je te soulève bien au-dessus de moi où tu règnes, mes doigts s'enfouissent dans tes côtes, tu vas bientôt avoir mal, ta domination doit se payer, je pourrais mourir là, jouir encastré et devenir statue… mais il me faut courir, courir, courir, cou… persuadé que la longueur bornée de la piste sera moins longue que ces baisers qui ne sauraient finir.

6 h 35

Voilà, je fais court !

Son père aussi a voulu couper court, la situation de la belle avait encore évolué, les déménagements se sont succédés, mais je la suivais et elle ne me lâchait pas. En cachette, de temps en temps, c'était discrètement bon, comme des agents secrets pour une première et unique mission, le George Lazenby (seul acteur Bondien à un seul film) de l'amour.

Puis il y a eu un meilleur parti que les autres.

Et ils ont fait le tour du monde.

Pour finir par se marier.

Je ne pouvais plus la voir dans tous ces pays. L'Australie, la véritable, est chiante à explorer. Pas assez de monde.

Je ne sais même pas ce qu'il faisait (ce con) : ambassade, cocktails et Ferrero Roche d'Or, en résumé.

Ils ont bien sûr divorcé.

Elle était triste, tandis que belle-maman restait marquée par les événements.

On s'est à nouveau croisé dans le quartier. Elle était belle, j'étais moins bête. À sa vue, je me sentais renaître ou ne plus vieillir. Bref, on se construit des mondes comme des boules à neige. On les retourne et il reneige…

J'ai amadoué ses proches, une approche indirecte, en bon stratège.

Ça a été facile avec belle-doche pour que je commence à être mieux accepté. Mais toujours aussi difficile avec pas-beau-papa. Dommage que sa mère existât si peu, comme il se doit dans ces familles.

Bon Dieu, c'est alors que j'ai eu l'idée ! Enfin ! Il suffisait, oui, il suffisait de devenir riche ! Ou d'en avoir l'air.

Ainsi, sans même un capital, en pleine surprise, j'ai investi. Dans un truc inconnu, puisque c'est ce qui restait disponible : la cryptomonnaie ! Ça ne valait rien, j'ai eu de la chance, ça m'a tout de suite rapporté beaucoup. Mais beaucoup ! Indécemment beaucoup ! Trop !! Je ne sais pas pourquoi j'ai choisi cette valeur pseudo boursière. C'était accessible, ça faisait moderne, ça coûtait que dalle, j'avais dû lire un article à la con, ou rencontré un enthousiaste vendeur d'idée, et je croyais en la magie des contes de fées. Non, ce n'était pas de l'instinct ou ce genre de balivernes. Rien que du hasard mû par une volonté farouche de plaire.

À la première BMdoubleV, je n'étais déjà plus haï par le padré, mais toléré.

Ouf !

La suite est facile à rétablir ; de toute façon, il n'y a que les débuts qui sont beaux. Pour toutes choses.

Nous habitions à côté mais à mille vécus de distance.

Avec mes nouveaux atours, je suis retourné dans sa vie, elle était contente après sa séparation qui la rendait pauvre ou presque (tout est relatif) et ses kilos en trop. Charmée que quelqu'un d'un ancien monde pas si lointain se rappelle à elle, à l'instar d'une destinée de Disney, ou d'un feel-good bien calibré, avec des bouches qui braient de bonheur au ralenti.

Appâtée, elle revint très naturellement en désirant toujours plus de plaisirs et d'objets, pour se rattraper du temps non dépensé (me dit-elle), mais aussi par nécessité d'habitude, avec cette facilité pour gaspiller savamment sans rechigner. Il fallait suivre, je n'y parvenais pas, certain de la perdre au moindre trou d'air. J'ai rapidement croqué mon capital virtuel, l'ai dilapidé... J'étais Max Marx, un nanti convaincu d'aucune propriété !

Si je voulais que l'amour dure, il fallait que j'investisse dans du solide. Avec ce qu'il me restait du sable crypté entre les doigts, je me suis lancé dans le commerce de la collaboration, l'escroquerie aussi.

J'ai fait le beau.
L'amour, c'est être un toutou, c'est devenir canidé.
D'ailleurs, ça dure la vie d'un chien.
Chienne de vie !

Avant qu'elle ne devienne ce réceptacle pour l'industrie de consommation, et moi une carpette à frisettes, ce que cette rencontre fut belle ! Je me demande ce qu'il manque à la vie quand la beauté la traverse une seconde ? Peut-être rien… C'est étonnant de découvrir quelqu'un, de faire intensément connaissance. Surtout lorsque ce quelqu'un est réellement quelqu'un dans sa propre conviction. Pas du marketing humain ou une masse de données que des conseillers politiques peuvent classer dans une case à sondage. Bourgeoise avec de l'empathie, cultivée mais doutant d'elle, magnifique de charme mais se maquillant trop, révolutionnaire n'aimant que le monde d'avant dont elle ne connaît rien, elle était contradictions, tandis que je ne savais rien de la cohérence.

On aurait pu être heureux, si nous n'avions pas changé, mais tout bouge !

Bien entendu, la « vie » n'a pas voulu ça. Ce mot est tout ce qui sépare les aspirations des réalisations, c'est le vide des jours qui comble les petites trahisons qu'on se fait. Ce sont tous les renoncements ; on renonce en premier à changer le monde, par manque de mégalomanie ; on prend conscience du peu d'impact que nous avons sur notre environnement, par manque de volonté ; on s'aperçoit du peu d'influence sur nos proches, par manque de charisme ; de notre insignifiance sur l'actualité, par manque de talent ; et de l'impuissance sur notre destinée, par manque d'ambition.

Le réel, c'est quand on se cogne ! Principalement aux autres. Voilà, je saisis l'instant et je comprends… La réalité, tout comme l'enfer, c'est les autres.

L'imposition collective est toujours plus forte que notre propre volonté et devient maîtresse. Il est ainsi plus facile de partir à la guerre que d'arrêter de fumer. Plus facile d'entrer dans la compétition de la réussite que de savoir pourquoi.

Pourtant, je pensais le comprendre : pour elle. Mais on ne fait les choses que pour soi.

Et puisque je suis à confesse, je peux me le dire : parfois, je l'aimais pour toujours.

6 h 40

J'ai créé une « boîte », une entreprise, la mienne, pour plaire à sa gourmandise, mais je ne connaissais rien à ces choses. J'ai créé comme on croit, par conviction, non par savoir. Un religieux sait mieux qu'un économiste ce que je viens d'énoncer…

Le banquier a dit oui d'une voix blanche. Il s'en foutait, il serait payé, asseyant son risque sur des biens, les miens. Le comptable ne savait pas toujours ce que je voulais dire, il se contentait de le traduire en chiffres. J'avais trop lu et lui pas assez, il avait trop calculé et moi jamais, on ne pouvait pas se comprendre.

J'ai entrepris pour ma liberté, en résistance contre la société. Pas comme un héros, les héros ne valent rien. Ils ne sont pas reproductibles pour les communs. Ils sont des exemples qu'on s'oblige à suivre, des tendances omniprésentes, et par là même des réducteurs involontaires de libertés. Même si je peux me laisser influencer, parfois leur ressembler, j'aime plutôt les fuir. Ou m'en servir de contre-exemples. Je vous ressemble si vous êtes un homme, à votre copain si vous êtes mon copain, à votre amant ou votre ex si vous êtes une femme. Je suis dynamique, avec un corps qui sait faire ce qu'on lui demande et un esprit qui n'en attend pas plus. Je me connais assez. Je ne m'envie ni ne me déçois, à peine inaccompli. J'aimerais des kilos de gras en moins et d'autres de muscles en plus. Comme tous. Parce qu'on ne se satisfait jamais de qui l'on est. Mais on s'en fout autant qu'on s'en moque. Finalement, je ressemble à un de ces héros lorsqu'ils n'ont pas envie qu'on les reconnaisse. Pas banal, personne ne l'est, mais dans le décor pour qu'il puisse en surgir. En écho flou aux résistants pendant cette guerre lointaine en noir et blanc trop souvent colorisée.

Un Max qui pourrait ressembler à Jean Moulin, du moins celui que je m'imagine. C'était d'ailleurs le nom de code du glorieux martyr.

Max, un résistant à notre monde normé qui se veut libéral mais qui ponctionne à mort, vous suce la moelle, s'abreuve aux artères, qui prétend laisser sa chance, mais à la rigueur UNE SEULE. Échec illégal, au pilori ! Interdit derechef à la Banque de France en cas de capotage. Vlan ! Mais elles viennent faire quoi la France et la Banque là-dedans ?! Elles m'aident comment ? Et les gens, que me veulent-ils ? Ils parlent, jugent, s'amusent, se jouent, commentent et jalousent. Ils ne peuvent pas s'en foutre ?

L'administration veille, surveille, organise, tripote, redistribue, je crois, exige sa part, mais de quoi (?), dans une opacité de puits de larmes.

Tiens, tu veux créer ton entreprise ? Alors d'une main je t'enserre le cou, de l'autre je te saisis les couilles, et avance puisque tu le veux !

Et sans gros capital, tu n'es rien. Un entrepreneur se doit d'avoir de l'argent, autrement il n'entreprend qu'à crédit, il s'engage jusqu'à la mort pour que même elle soit un chèque déjà tiré sur l'avenir.

Avec pénalités de retard pour les héritiers.

À crédit, c'est la banque qui t'entreprend.

Moi, j'ai fait le con, j'ai entrepris par amour. Va expliquer ça à un gestionnaire, ce n'est nullement une raison valable, il n'y a pas la case dans le bilan. Alors on s'en fout de ce que j'achetais pour revendre. Aucune importance. Je marchandais des bazars pas chers dans des pays d'Asie que je revendais à des Français inquiets pour les rassurer.

Dernièrement, ça a été l'aubaine ! Et puis tout s'est écroulé dès que le marché s'est trouvé rassasié. La chute du chiffre d'affaires en quelques annulations de commandes, les pertes pour quelques insatisfaits parce que l'élastique, là, pétait, juste de temps en temps, et puis un marché qui retourne sa veste.

Vous ne devinez pas ce que j'ai commercialisé ?

Des masques ! De toutes les normes, de tous les genres, des cliniques, des beaux, des personnalisés avec des logos, et puis du gel, des gants, des poubelles, visières, blouses, désinfectants, lingettes, pirouette, cacahuètes…

J'emprunte, je livre, je distribue, brasse du pognon, m'endette, compte à peine, gère le flux, me surendette, m'agite, ne compte plus, reprends les invendus, fais mon business, paye des impôts, des frais, des taxes, des arriérés de, des rappels qui, bientôt je ne peux plus payer, mais avec un chiffre d'affaires digne d'un navire de croisière… en perdition sur une roche frileuse.

… Voilà ma connerie, jouer avec les peurs, un opportuniste ! J'étais résistant et collabo en même temps, Hardi comme Judas ! Aussi nécessaire dans cette histoire de grande guerre épidémiologique, mais impardonnable lorsque le vent du virus a viré. Ils ne pouvaient pas m'excuser après m'avoir remercié du bout des lèvres.

Qu'on me foute la paix avec les leçons de morale ! « Ce n'est pas bien de se faire du fric sur la peur des gens, sur la mort c'est même pire. » C'est facile de dire cela maintenant, mais tout le monde en voulait ! Il n'y a pas de bons sentiments dans le commerce légal. Surtout *a posteriori*. Je prenais des risques financiers, j'étais le malin qui se débrouillait pour les autres, mais je ne suis pas une œuvre caritative. Les risques, je les ai pris sur mes biens, sur ma vie, et le risque, ça se rémunère, ça se paye… parfois, cash !

On m'a engueulé pour ne pas livrer assez, à temps, on m'a fait porter la responsabilité des morts… pour ensuite m'accuser de m'être enrichi, et me damner pour avoir échoué.

Ils auraient pu me remercier d'avoir sauvé des vies, d'avoir assumé des livraisons imparfaites, d'être le plus doué pour contourner les restrictions afin que tous aient leur chance de survie.

Ok, je ne l'ai pas fait pour eux. Mais ils n'ont rien fait pour les autres non plus. Ils avaient confiance en moi, je m'en persuadais aussi.

Pour parvenir à ses fins, il est bon de croire en son projet, mais essentiel de croire en soi !

Dans le business, je suis agile, imaginatif et sans frontière. Mais je n'ai pas pu pratiquer mes qualités sous le soleil d'un pays en développement où me réfugier quand le roussi s'est fait sentir. Pour le lieu de vie, je suis un arbre, je ne sais pas aller bien plus loin que mes racines.

Il fallait aussi que je reste près d'elle.

6 h 45

— Putain ! Il est où le connard ?!

— Kof kof ! ...

— Grouille, merde !

Bon, oui, j'ai été léger avec l'administration, tout n'est pas leur faute. Mais ils ne pardonnent rien. Rien !

Je me suis endetté pour elle... ou pour moi... ou pour moi pour elle. Par amour, je le crois... ou le putain besoin d'être !

J'aurais tout donné pour ça... D'ailleurs, je suis en train de tout donner. Je pourrais m'arrêter de courir. Au propre comme au figuré. Je devrais. Pourquoi je cours ?! Parce qu'ils me poursuivent !

Voilà ! Kof ! Kof kof ! Et cet asthme qui me contraint ! Et ce costume qui me découpe ! Avec une petite bouffée de Ventoline et un jogging, ils ne seraient que deux minuscules points à l'horizon. Mais non, mais oui, je cours par égocentrisme. Je veux être. Je veux être aimé plus que je n'aime ! J'y arrivais presque. La preuve, je me suis ennuyé d'elle.

Ennui. E 2N U I.

Alors, j'allais en voir d'autres mais je voulais qu'elle m'aime quand même. Même, qu'il n'y ait qu'elle qui m'aime, les autres, c'était pour l'étalonner, c'est ignoble... ou par déception, c'est à peine recevable... ou parce que je suis un obsédé imbu de moi-même, c'est plus certain. Un truc dans le genre autour de tout ça. Un mélange. Bien sûr, en amour, par moments, on bâille entre deux rires et ça justifie tout pour les plus malveillants. Un homme (comme moi) peut faire n'importe quoi

pour se distraire, il en a la liberté, mais en est-ce une ?
Cette femme a les démons et tous les prestiges de l'intelligence, de la beauté et de la sensibilité. Mais un homme (comme moi) s'ennuie souvent de lui-même, de ne pas pouvoir être un autre, alors il s'invente différentes vies. C'est ainsi parce que c'est faisable. Puis il s'émeut de lui et d'elle, et tombe amoureux de nouveau. Infiniment. Toujours la même. En passant par d'autres. En tout cas, c'est mon cas.

    …

Quand les problèmes surviennent, ils vous sautent aux yeux, c'est pour cela qu'on ne les voit pas suffisamment. Ils sont trop près, sans recul, à ras l'œil. Je ne m'occupais pas d'une entreprise qui courait vers sa faillite, je m'astreignais à parapher des documents, lettres et quittances, que des responsables obscures me tendaient afin de me permettre de croire à une autre vie, à un autre amour, à un phénix.

Qu'était-ce donc cela !

Des dettes, des billets à ordre sans valeurs palpables, des cessions de parts, des ventes, des combines de changes, des options catastrophes.

« Qu'est-ce donc cela ? » m'avait sermonné le juge.

Ses lunettes se dressaient au-dessus des livres de comptes, de codes, planaient sur, s'éclipsaient, se posaient, ni comprenaient tchi, mais lui se figurait dans un livre d'Agatha Christie, avec des morts à la place des chiffres racontant une intrigue. Moi, je n'y voyais rien, ou pas plus que ce que je distinguais précédemment. Je me dissimulais de mes conneries en m'isolant.

Je ne captais plus, j'avais tourné le dos à ceux qui me tourmentaient. Même l'appartement se cramponnait à la peur qu'elle m'abandonne.

    …

Les grosses emmerdes, c'est un lieu où n'entre pas qui veut. Ça se mérite ! En tout cas, j'y étais parvenu en grand seigneur, larguant les amarres et les ancres avec le grandiose d'un capitaine au long cours, à la proue de sa rutilante épave en devenir dans un océan vide d'argent.

Quand les pauvres gagnent de l'argent, ils se vautrent. Ou pire, se renient. L'argent est nécessaire mais pas aussi important que ce qu'on en dit.

Cela ne sert à rien de l'étaler en tartine de Benz ou en pendouille d'or, en château de cartes. Non, je n'ai jamais été en accord avec la manière dont les ex-pauvres exposent leur pognon. Ça me met hors de moi, mais d'où je viens, on ne sait pas en parler. Ici, on n'en vit pas, on envie. Ça me met hors de moi, donc, de voir un dealer se balader dans le quartier en clinquant son or des dents jusqu'au bout des doigts. Je ne peux pas le supporter. Lorsque les pauvres gagnent comme des *richies*, quelles que soient les sommes et comment, ils devraient se comporter avec une dignité si grande que les nantis les envieraient enfin. À l'instant que les fauchés amassent beaucoup de blé, ils se doivent à la sinécure d'aider leurs voisins, la famille, les amis. Ceux qui étaient là et qui le resteront sans toutefois s'empêcher de parler dans leur dos… mais pas toujours en mal, comment savoir. Avec ce pognon, ils devraient envoyer leurs enfants à l'université, loin pour apprendre, ou adopter des orphelins ; et ne révéler qu'à moitié le montant à leurs proches et descendants plutôt que tout étaler. Les filiations et scrofuleux veulent toujours tout, ils se battent à l'hécatombe pour la totalité de l'héritage. Pour deux fois moins, ils se battraient un peu moins…

Et l'autre moitié, en faire un fonds secret, une banque pour fonder des entreprises, aider à apprendre ce qu'est entreprendre ; les marmiteux, dont je viens, ne savent pas.

Ils n'ont pas vu, on ne leur a pas dit, ils croient aux stars d'Instagram, à l'économie narcissique des rézosocios. Alors qu'ils devraient créer des bars, des boutiques, des laveries tout automatiques, une proximité qui utilise des talents et les développer, pour des bénéfices qui ne sont jamais malsains dans une société. Et aider les élèves boursiers, même si les boursiers aiment trop être aidés, puis demandent encore de l'assistance, toujours, et se suicident pour ne pas savoir respirer seuls, à la merci de la mendicité qui ne sait qu'étouffer.

Le peuple doit apprivoiser l'argent et arrêter de l'en croire une finalité ; ou c'est lui qui vous gagne et vous perd dans la même trace. Un pauvre reste pauvre tant qu'il n'a pas tout partagé. L'argent n'est qu'un vecteur, un moyen, une belle-main.

Même Tapie s'est fait avoir ! La richesse n'est définitivement pas faite pour les pauvres. Pauvre de moi !

Moi, je n'ai été riche que de mes dettes, pour avoir fait de même que les autres de ma race avec la richesse. Mais attention, hein, on ne meurt pas de dette, on meurt de ne plus pouvoir en faire.

6 h 50

Max s'est bien caché entre les voitures, a zigzagué par les avenues, il a pris l'ancienne nationale 7 à pied, a longé la rue de l'université, il connaît le trajet par cœur, sait comment passer inaperçu des bolides gyropharés, il s'est arrêté non loin du pont de la Guillotière. Ce passage fut longtemps le seul entre le Lyon presque indépendant, à peine sous l'autorité de quelques contes ou vagues rois lointains, et la menace flamboyante du royaume de Bourgogne qui remontait de la rive gauche du Rhône jusqu'en Lorraine, puis aux Flandres. Cet unique pont contraignit la ville entre la colline de Fourvière et les fleuves, avec son peuple soumis aux miasmes des marais, inondations, débordements de crus, royaume de l'insalubre d'où les plus jeunes enfants étaient exclus afin de leur donner une chance de survivre en pleine campagne auprès de nourrices grasses.

Ce n'est qu'avec l'arrivée des marchands florentins, le développement des soyeux et la possibilité d'enjamber les larges étendues d'eau grâce à l'agrandissement du domaine royal, que la ville s'ouvrit à une certaine prospérité visible. Cet ouvrage d'art est encore la coupure entre deux mondes. Le populeux quartier de la « Guille », cour des miracles à toutes époques, est à un jet de pierre de la resplendissante presqu'île, de son Hôtel Dieu, de sa belle-cour bien en place. Derrière, les secrets des vieux quartiers, ceux percés de passages discrets, lui tendent les bras d'une terre promise. Plus que deux affluents à traverser et ils ne pourront plus le revoir jusqu'à ce qu'il le choisisse. Comme lorsqu'il jouait à cache-cache et qu'il restait invisible bien après la fin du jeu.

« Il est où Max ? »
Il est libre Max !

« Apache » et « Ta gueule » ont fait du chemin, essoufflés, bardés de quincailleries tintinnabulantes, alourdis par ces instruments de cruauté (puisqu'ils aiment bien voir la douleur que confèrent les menottes) ; ils ont repris leur Peugeot banalisée et ont bien cru coincer le récalcitrant. Les circonvolutions du trajet de leur proie, les sens interdits, le besoin de se fondre dans le décor pour avoir une chance de l'alpaguer, leur ont fait abandonner la monture à tête de lion qu'on dirait du coin. Ils se doutent que pareil à une antilope traquée par des fauves dans le Serengeti, l'interpellé va chercher à se réfugier derrière la frontière liquide naturelle. L'instinct du chasseur. Ils se sont installés en contrebas du tablier métallique de la voie. Ils observent mais ne voient rien venir.
— Si, là !
— Où ça, là ! …
— Là, euh !
— Yes, ta gueule maintenant ! …

Max reprend son souffle, ses esprits, un brin de lucidité. Remet sa chemise en place… la défait à nouveau, il sera plus à l'aise. Remonte son pantalon, inspecte ses pompes en cuir comme Fangio le faisait avec ses pneus aux temps anciens où il était honorable de mourir au volant. Tousse un peu pour évacuer le miaou dans la gorge qui ne partira pas puisqu'il est fait de graminées et de pollens ; il le sait, mais c'est un réflexe. Il est possible qu'il soit observé, il l'est sûrement, il s'inquiète, alors il lui faut passer le fleuve à toute frousse. Il doit prendre son élan. Celui d'un lance-pierre. Si quelqu'un, un jour, peut battre le record du 100 m d'Usain Bolt, c'est lui, aujourd'hui !

Maintenant, le soleil clair d'humidité fanfaronne dans le ciel pendant que les premières ombres lui tournent aussi le dos.

Il est dans les ténèbres de ce renfoncement d'immeuble imposant. Il a envie de dire, à quiconque, que ce noir lui fait peur, le terrifie. Plus que les deux guignols qui le coursent. Parce qu'être dans le noir, c'est être avec soi, à se réfléchir, un miroir, à se juger, et mon Dieu, personne ne sait si c'est tellement humain. Voilà son horreur de l'obscurité, elle oblige à cesser de contrôler les choses, les autres, l'environnement, c'est elle qui vous grignote et s'impose. Ils peuvent venir par-derrière, vous tirer par les pieds, vous attraper pendant que vous êtes accroupis. Mais surtout, l'ombre appelle des souvenirs douloureux devenus trop nets. C'est un effort pour résister à la peur et un bien trop grand quand son origine provient de vous-même. Surmonter la peur de soi, c'est se tirer par les cheveux pour se décoller du sol. Un effort douloureux, désespéré et vain. Se vaincre ainsi, c'est perdre aussi. Dans les ténèbres, on ne peut pas refuser le combat, mais il se fait à tâtons.

« Pourquoi je ? Pourquoi elle ? Pourquoi les choses ? Pourquoi qui ? »

Lorsqu'il commence avec les rafales de pourquoi, il sait que c'est toujours désespéré, une bataille perdue. Se demander pourquoi les choses adviennent revient à s'interroger sur comment elles sont arrivées et instinctivement à vouloir les nier.

Mais elles sont.

C'est un exercice rhétorique absolument inutile puisque ça s'est passé. Mal. Mais c'est fait. Il faut affronter les conneries plutôt que les fuir. Tandis que là, il court.

Pourquoi est-il infidèle à lui-même ? Pourquoi l'a-t-elle trompé ? Comment ne pas refaire si mal ce qu'on voudrait réussir ? Est-ce trop tard pour remettre la pâte à dentifrice dans le tube de la vie qu'on a écrasé ?

« Pourquoi tout ça, mon Dieu, en qui je ne crois pas puisque tu ne crois pas en moi ! Toi ! Il faut que tu écoutes Max ! »

Maintenant, il se montre enfin prêt à profiter du silence perplexe pour négocier avec lui-même. Mais pour entrer en négociation, il faut avoir quelque chose à lâcher. Et lui, à part la vie, il n'a plus rien.

Personne ne le connaît malgré des années à se bâtir une existence. Il est un ornementiste de cathédrale, un sculpteur de gargouilles, de chérubins, un graveur de rosaces, de saints, un décorateur de balustrades aux géométries savantes, aux contours perdus de lignes ; une fois le chef-d'œuvre positionné à sa place, bien haut, hors de vue des badauds, son œuvre est visible des seuls pigeons que rien n'émeut pendant qu'ils chient dessus. C'est ça la destinée d'un quidam, même s'il croit le monde tourner autour de lui, ou contre. Ce qui est le même principe suranné d'héliocentrisme.

Avant de franchir le puissant Rhône, telle une frontière éternelle de quelque chose d'impersonnel, une frontière n'étant qu'un barrage mental dans tous les cas, il réfléchit encore. Ce n'est pas qu'il doute ou qu'il ait peur… en tout cas, ce n'est pas que ça. Il réfléchit parce qu'il est temps de le faire, ou qu'il aime ça, ou que sa tête doit se mettre au même niveau d'action que ses jambes. En résonnance.

Il se dit que ce n'est tout de même pas possible qu'hier soit sa dernière nuit en ville, ou son ultime… Que tu réussisses à traverser ou pas, Max, nous nous souviendrons de toi. Pas seulement de ce que tu n'as pas même essayé, de tous ceux que tu n'as pas aidés, mais de tout ce que tu as loupé, raté, perdu. Bourreau des rêves des autres à qui tu dois des colosses de factures. Une sorte de collaborateur phalangiste d'un monde dictatorial pour les aventuriers de l'entreprise, alors que tu te crois le martyr des totalitaristes.

Quel paradoxe !

Il se rassure encore en ânonnant que ça ne peut pas être sa dernière nuit puisqu'il y pense comme si c'était déjà un vieux passé, comme s'il était parvenu à se projeter dans le futur pour y revenir à l'instant. Il se voit déjà plus tard tout raconter au coin du feu, dans une contraction du temps qui le ramène pourtant à un présent bandé en forme de ressort, ou façon fusée soviétique se désintégrant à Baïkonour lors d'un lancement raté. Rasséréner, conscient que tout se passera bien puisque muni d'une confiance déraisonnable… il va pouvoir… il ne sait pas encore… mais charge l'instant comme on le ferait d'une balle de fusil… il manœuvre mentalement la culasse du Mannlicher-Carcano de son cerveau… Klu Klu Klak… semblable à Lee Harvey Oswald quand il visait la tête de JFK… s'applique… vise ce con de pont… Pan !

Il va le traverser !

— Là ! Putain ! C'est lui qui galope !

— Ta gueule ! … On y va ! …

— Hep ! Vous ! Merde ! Rendez-vous ! Merde, putain !

— Putain de merde ! … Première sommation ! …

— Cours au lieu de dire des conneries !

— Mais il va où là ?! …

— Aux traboules !

— Aux qui ?! …

— Traboules ! C'est vrai qu't'es pas d'ici et qu'tu n'as collé tes fesses qu'à Fort Apache ou sur les boulevards !

— ! …

— Tu regarderas sur Wikipéchose.

Les traboules lyonnaises sont des passages aménagés entre deux rues à travers des cours d'immeubles. Elles ont rendu de grands services à la population pendant la Seconde Guerre mondiale et lors de la révolte des canuts.

Dans le vieux Lyon, la manière la plus rapide de passer d'une rue à l'autre est d'emprunter une traboule. Le mot vient du latin, transambulare, *qui signifie « traverser », « passer à travers ». Outre leur utilité, les traboules sont devenues au fil du temps une véritable attraction touristique.*

On compte plus de 300 passages répartis dans la ville. Les premières traboules, aménagées au IVe siècle, étaient utilisées par les habitants pour se ravitailler en eau ; d'autres datent de la Renaissance.

Ces passages sont considérés comme des trésors du patrimoine lyonnais. Bien que de nombreuses traboules soient fermées au public, on peut en visiter quelques-unes tout en respectant la tranquillité des habitants. En échange, l'entretien de ces traboules est pris en charge par la municipalité.

Je traverse pendant qu'ils me coursent !

« Venez ! Viens ! Cours après moi, Shérif ! »

Il n'y a pas plus libre que de se sentir poursuivi.

…

Déjà le temps des promesses stupides sous contrainte de la peur : si je m'en sors, je ne partouzerai plus avec mes rêves, je leur ferai l'amour.

…

Si je m'en sors…

…

Là, la rue des Marronniers, il y a toujours un vieux « bouchon » avec des portes bancales prêtes à s'ouvrir…

Il suffit d'attendre que les lourdauds passent, maintenant.

…

Quoi de plus symbolique pour un natif de la confluence que de se réfugier dans un restaurant typiquement autochtone ?

Les « cervelles de canuts » gisent dans ce cénotaphe à leur gloire. Je résisterai ou me ferai massacrer aussi bien que ces travailleurs de la soie à qui cette recette rend hommage, des tenaces accrochés à leurs « carrés » à tisser au son du « bistanclaque » !

7 h 00

Me voilà libre de me dérober aux yeux de tous… Tu parles d'une liberté ! Il ne faut pas que les keufs me trouvent, mais les passants ne doivent pas être effrayés non plus… ou en tout cas pas suffisamment pour qu'ils s'en émeuvent et alertent.

Mais c'est quoi, la liberté ?

Il paraît que c'est d'abord la liberté de dire, ouais mais quoi ?

La liberté d'insulter sans discernement, à toute violence ? Le président, la République, le voisin, l'Arabe, le Juif, le riche, le différent ? La liberté, est-ce synonyme d'anonymes, ah, planqués entre les eaux des réseaux sociaux ? Poubelles à excès. Vidange d'aigreur. Ramassis d'horreur. Pousse aux vices, hypnotique. « Mais c'est pas moi, hein, je ne suis pas le seul. » La liberté de ne pas assumer ? C'est ça, la liberté ? Celle de se faire submerger par les énormités douteuses ?

Celle-là est une liberté utopique, maladive et indéfinie, impalpable, qui est de mèche pour tout brûler, de la pyromanie, et se fait manipuler à la première occasion, ne servant efficacement qu'à d'autres pour des complots de toutes provenances.

Pour les plus bienheureux et les moins méchants, on scande, on scande, « liberté, liberté chérie », en giclées d'envies sexuelles sur une pin-up inatteignable, juste bonne à être dessinée sur les coucous à quatre hélices porteurs de bombes défendant des valeurs incantatoires toutes marketées mais jamais pratiquées.

Pouvoir s'exprimer, dire ou écrire est essentiel, mais ne nourrit pas. C'est tout au plus un allant de soi.

Et on gueule à tout va, se plaignant qu'on nous l'enlève, alors que gueuler prouve en soi cette liberté dérisoire.

Qui est interdit d'égosillement sous nos cieux ? Pardieu, par qui ?

Parce que, hein, qui a vraiment quelque chose de pertinent sous la langue ou de révolutionnaire en mots qui pourrait déstabiliser l'« *establishment* », ou de suffisamment radical tout innovant pour remettre en cause les équilibres mondiaux et qui serait, on ne sait pourquoi sous notre contrée, empêché ? Soyons humbles. Où est ce penseur messianique touché par la grâce ? C'est toi ? C'est vous ? C'est lui ? Ce n'est pas moi ! Je ne suis pas fils de Dieu, et je ne connais personne qui pourrait démontrer une quelconque parenté. Il y a surtout beaucoup de trous du cul qui vapotent fumistement bien plus haut qu'eux-mêmes !

Voilà, de toute façon, la liberté ânonnée sur les frontons des mairies n'existe pas, elle n'est qu'un concept vaseux trop rapidement en concurrence et limité par le principe d'égalité depuis longtemps dévoyé. Ce dernier ne devrait avoir de sens qu'envers notre présentation face à la loi, alors que nous en faisons le parangon des chances que nous n'avons pas. Comme la fraternité, qui n'est qu'un vœu pieux ne mettant en scène sincèrement que nous et nos proches et quelques-uns par les liens d'affection. Nous sommes en société, l'organisation nous oblige. La liberté, ce n'est pas de choisir un vaccin, ou de rouler à plus de 130 km/h sur l'autoroute, ni de fumer dans un bar.

La liberté, c'est d'être soi-même dans un projet de vie qu'on peut bâtir.

Le summum de cette liberté n'est pas seulement d'entreprendre, c'est de s'entreprendre.

De pouvoir s'investir dans ses propres transformations ou mieux investir pour ses choix, prendre ses risques… Pour cela, il est nécessaire d'être en mesure de faire de la dette, sur l'avenir ou les marchés.

« Fais-moi confiance, chérie, notre vie sera merveilleuse… Faites-moi confiance, cher banquier, votre argent sera rendu au X-tuple… » C'est la même.

Alors, allez comprendre, dans le soi-disant pays de la liberté, on peut être en servitude pour dettes ! On peut échanger de l'argent contre de la prison ! Un emprunt sur la liberté ! Ce n'est pas une simple condamnation, mais une double, triple, quadruple peine, à l'infini ! Une peine éternelle privant d'avenir.

Privation de liberté, puni de travailler en payant pour les dettes, interdiction d'en contracter, opprobre définitif du monde du travail. Voilà, fini, fin, terminé, vous devenez bagnard, non de créances, mais de la société, à commencer par l'État et ses trésoriers.

Au ban des banques !

D'ailleurs, peut-on entreprendre dans un monde dit libéral avec la masse du boulet des autres aux pieds ?

Avec une telle charge fiscale, est-ce encore une économie libérale ? Est-ce encore être libre ? Je comprends bien que nous sommes dans une collectivité et que si un seul perd, personne ne gagne réellement. Mais comment ne pas avoir plus de choix que ça ? Le choix du projet, le choix du lieu de mon habitation dans ce monde, celui de faire mon business, de participer plus ou moins à la collectivité ou en tout cas de choisir où vont aller mes impôts, charges, taxes et ce que je peux en supporter. Je ne veux pas payer pour une coque de noix atomique, ni pour les ors ridicules d'une République qui se prend pour la Reine, forte avec les faibles, et faible… enfin, vous voyez… kof kof… vous savez, qui… je m'emballe ! Non, moi, je veux avoir le choix de ce que je finance, les pauvres, l'amour, l'éducation, la paix, la protection par la compréhension ; un système qui nous éduque à réfléchir par nous-mêmes. Et là, merde ! Libre de quoi ?! Je les vois s'empiffrer de ma sueur et j'emprunte pour que le manège continue à tourner sur mon dos.

Mais je ne peux plus payer, alors ils me courent après pour me sortir de la société que j'ai financée… C'est fou, non ?! On ne m'a même pas dit merci pour ce que j'ai déjà donné ! On m'a même insulté dans la rue ! Sale riche (que je ne suis pas) ! Sale con (peut-être bien) ! Sale con de riche (un combo) ! Je ne vois toujours pas le point commun, j'étais aussi con lorsque j'étais pauvre !

Comme tout le monde, c'est MA liberté qui m'intéresse, celle très concrète qui n'empiètera pas trop sur celle des autres. La liberté libertine, celle de niquer, n'est pas la liberté. La liberté n'est même pas celle d'aimer. Je veux plus qu'elle ou elles, je veux être moi.

Je saurai qui je suis quand j'aurai MA place dans cette collectivité.

Un homme mesurant sa liberté dans un référent social a trois possibilités :

— Il accepte les règles et profite des choix nombreux mais de peu d'envergure du système.

— Il contourne les règles et évite de se faire repérer.

— Il affronte les règles et s'expose à être broyé.

Tout se résume ainsi.

Si je suis caché pendant que poursuivi, suis-je encore libre de contourner un peu les règles plutôt que de les affronter ?

La question est-elle si effrayante pour qu'on ne la pose jamais ?

Et avant ce moment, étais-je libre ? Sans argent, sans même la possibilité d'en avoir ?

Et lorsque j'en avais, étais-je libre puisqu'on me cantonnait dans des activités en me ponctionnant ?

J'alimentais la machine, mais étais-je libre ?

Étais-je libre par rapport à mon cursus social ? J'avais une activité choisie, mais les moyens (les masques) me faisaient honte. Étais-je libre par rapport à mes valeurs, ou en tout cas le fatras appris qui me sert plus ou moins de référentiel intellectuel ? Tant que je ne me confrontais pas au regard des autres, j'avais cette liberté relative. Ce sont eux qui avaient la clef de la morale pour m'enfermer dans la cage de l'éthique que je me suis construite avec leurs matériaux.

Je ne m'étais jamais posé la question, je n'avais pas conscience de ma liberté, et une liberté sans conscience peut-elle exister ?

Chaque question me donne une réponse pour m'expliquer que je ne suis qu'un petit élément à l'intérieur de ma propre existence. Un élément qui ne suffit pas à la remplir et qui ne va nulle part. Mais en courant !

Je suis balloté au gré des événements indépendants de ma volonté mais que j'ai provoqués. Et la force m'a visiblement manqué pour diriger le cours de ma vie. Je ne suis rien et mon existence n'a de poids qu'en s'opposant à ce que je ne suis pas. Comment est-ce possible d'avoir vécu plus de quarante ans sans me poser ces questions ? Si je ne connaissais pas cette poursuite, me serais-je écouté ?

J'ai dérivé comme dans une équation et me voilà à l'asymptote. À quoi la courbe va-t-elle ressembler ? Quelle est la pente de la descente ou de l'indécence ?

Comment vivre à présent que j'ai découvert la vérité de mon impuissance existentielle… et fiscale ?

Je goûte ma petite liberté actuelle dans une pleine conscience… Elle est enfin belle, puisque fragile et éphémère.

Finalement, il n'y a rien de nouveau sous le soleil de la Banque de France. Être enfermé pour payer est une définition de l'esclavage pour dette, une des plus vieilles raisons de l'asservissement.

Ai-je exagéré avec l'argent des autres ? Certainement, et quoi de plus normal. Il faut toujours abuser de sa liberté !

…

Toutes mes voltiges avec les financiers n'ont fait que prolonger le moment, l'argent peut aussi acheter du temps.

Mais on ne se rend pas compte de l'impact des événements si on ne les subit pas. Les Allemands de 1933 se sont bien contrefichés des lois antisémites, elles ne concernaient qu'un pour cent du peuple germanique. Un barbier fermait, ils en trouvaient un autre ; la vitrine d'un magasin volait en éclats, ils changeaient de trottoir, voilà tout.

Dans notre XXIe siècle, en France, un homosexuel est tabassé, pas vu, un immigré se fait exclure du marché du travail, on détourne les yeux quand ils mendient, les femmes se font siffler dans la rue, on passe en sifflotant la *Traviata*, *Charlie Hebdo* se fait prendre d'assaut, c'est fou ces barbares, et quoi donc ? Et c'est tout, rien, circulez, gobe-mouches… Oui mais les Juifs auraient pu fuir tout de même, les homos être moins voyants, les femmes mieux s'habiller, et *Charlie* apprendre le respect… Et voilà. Une demi-molle plus tard, tout est pardonné. On ne s'intéresse qu'à soi de nos jours… de nos jours ? Depuis quand est « de nos jours » ? Depuis toujours.

Je me foutais de tout et de tout le monde, car moi, moi, moi. Un homme est toujours tellement narcissique qu'il ramène tout à lui. Et ne rêvez pas, les femmes ne sont pas meilleures ! Un événement n'est pas arrivé, s'il ne nous est pas arrivé. Dans le meilleur des cas, il fera la queue derrière les autres nouvelles qui se perdent dans les corbeilles des journaux sans fin.

Et on se croit tout-puissant ou trop petit par rapport au destin, avec ce con de sentiment d'immortalité tellement prégnant et invisible qu'il n'en chute que plus vite avec les premiers cheveux blancs. On est certain qu'il n'y a pas de hasard, que tout est dans le destin, jusqu'à chercher la vérité dans des horoscopes de *Télé7semaines*, fabriqués tout exprès par des logiciels windowsiens. Alors, c'est sûr, oui, je vais m'en sortir… parce que la Terre et le cosmos tournent autour de MOI, et qu'« il » (mais qui ?) le veut, évidemment. Je ne sais pas encore comment je vais le faire, voilà tout.

Peu importe que ce soit arrivé à d'autres qui ne se sont jamais remis de ces plaies d'argent jusqu'à terminer dans les caves de l'oubli. À double tour du geôlier.

Dans cette galaxie, il y a deux types d'humains : les autres et moi. Peu importe que ce soit la loi de l'univers ou de la société, que les atomes soient aveugles comme la justice, l'événement est à nous. Aux survivants. Il sera à moi.

Et même si les autres sont contre cette évidence, ils ne sont que des obstacles. Les autres, les nombreux, la nuance des gens, sont la démocratie, et alors ? C'est ce qu'on dit d'une organisation lorsque la majorité s'impose sur la minorité. L'inverse est pire ; quand les moins nombreux s'imposent sur la masse, cela devient une dictature, c'est entendu. Il n'y a pas de pensée unique, il n'y a que des majorités.

La démocratie a ses limites que les intellectuels peuvent faire avancer. Conservatrice en temps de paix. Imaginative à la moindre guerre. Tandis que les dictatures sont plus efficaces… souvent. Cruellement. Sauf en temps de guerre, où elles ne savent jamais s'adapter. Mais tout ce charabia, que vaut-il à l'aune de l'individu ? Rien. Rien, rien, rien ! RIEN !

On peut s'intéresser à certains destins qui nous entourent de loin, et se sentir parfois concerné. Un peu. Mais ça va, la nuit, on dort. Puisque l'oreiller est rempli de plumes d'égo.

La démocratie ou la dictature n'existent que lorsqu'on en touche les limites. Celles d'une République sont plus loin, c'est tout. Mais en ce qui concerne l'individu, tout cela est vague et relatif lorsqu'on lui court après pour du pognon, avec des menottes à la main. Ben merde !

La vie ne pouvant que rarement être réellement choisie, ne reste du monde que l'illusion des sentiments. Et l'on court pour les trouver, ils ne sautent pas au cou. S'immobiliser, c'est se mettre en danger ; tout bouge, tourne, roule, se répand telle l'eau glaciale dans un Titanic où les flonflons jouent encore pour masquer les cris.

Il m'est arrivé d'avoir des journées monotones, sans plaisir. Avec l'expérience et les regrets, je me rends compte qu'elles étaient stagnantes, non loin du bonheur. Encore fallait-il le savoir.

Le monde n'est pas sculpté dans la matière mais fondu dans les sentiments.

C'est la vérité des sentiments qui donne l'illusion du monde.

Les autres ne sont que des porteurs de sens au cœur. Et l'on sait bien que dans les circonstances graves, on est toujours abandonné…

Nous ne mourons que d'abandon.

Tout ça se résume à un juge. Avec sa toge et son embonpoint, il est l'augure.

Mais il faut que j'arrête de penser, que je me concentre pour sortir de mon trou, ils doivent être passés. J'ai entendu des pas de course et des cliquetis de ferblanterie.

Oui, il faut que j'arrête de penser à ce juge à la con, il faut que j'arrête de penser à elle, il faut que j'arrête de penser à tout !

…

Et que je sorte de mon trou !

Mais le cerveau ne connaît pas la négation ; si je vous dis de ne pas penser à un gros nounours rose…

Tiens, vous venez de le voir.

Alors, penser à ne pas penser… Vous avez compris.

7 h 10

Je sors la tête de l'ombre du porche, la tourne à droite, à gauche, à droite, à gauche, la baisse, regarde mes pieds, prends une inspiration ainsi qu'il se doit avant le plongeon dans une piscine, elle est forcément froide, la rue, m'y jette, plouf, je marche, j'essaie d'être normal, mais à quoi ressemble le naturel quand on le fabrique ? Je me bricole une furtivité aussi discrète et féline qu'un Terminator à poil faisant son shoping. Je longe la place Antonin Poncet, frôle la tour clocher de ce qu'il reste de l'hôpital de la Charité où officiait le médecin Rabelais, me dissimule entre les blocs du mémorial arménien, m'arrête, écoute les bruits, rien d'anormal, ma capuche mentale semble me protéger, je marche lentement vers l'Hôtel Royal dans lequel le cinéma Gaumont, tout de tentures bleues tendues, me faisait découvrir les vieux films, sa dernière séance était il y a longtemps, celle de Charles Bronson ou Richard Widmark aussi, pourtant on les croyait invincibles. Exactement ce que je me pense. Je marche ainsi qu'avance le progrès, anéantissant ces salles de spectacle symbole de panacée quand elles sont nées. Dans la ville de l'invention du cinéma, on en mettait partout, autant que de nos jours des saunas sur les images internet des « *resorts* ».

Mais l'humanité ne progresse plus, elle grossit, se diffuse, envahit, se fragmente, se fracasse en cascade, rapetisse le décor et se jalouse. Oh ça oui. La jalousie de tout ! Il a ça, j'en veux aussi, et plus, et pas pour lui. Il ne faut plus compter sur l'humanité ni son avenir, encore moins sa destinée. Cette race en crèvera, bien sûr, ce ne sera pas la première espèce à se fossiliser sans descendance, demandez au squelette d'un de ces cons de gros lézards déplumés. Et après ? Et après, quoi ?! Et après, rien ! On s'en fout. Ce sont les dauphins ou les ours qui écriront l'Histoire ! Et ils ne feront pas de cadeau !! L'humanité n'a plus de guide, plus d'idées, une submersion de médiocrité, de l'accumulation de biens à s'en faire dégueuler, la voilà, l'humanité !

Pfff, les humains me font gerber. Je me hais d'ailleurs d'autant d'être l'un d'eux.

Quelle sera la fin de l'histoire de l'Histoire ? L'humanité a-t-elle seulement une Histoire ? Mais surtout, qui s'en soucie ?! Les castors ? Les tortues ? L'humanité n'a pas d'Histoire. Elle a des histoires, et s'en raconte.

Pour l'école, cette matière (l'histoire) n'a été inventée qu'à but propagandiste. C'est son origine. Pour raconter qu'untel à grande tunique était bien le despote attendu, qu'il y avait des luttes de classes pour justifier une si sanglante révolution, que ce peuple est l'élu, cela est écrit. Pour seriner des sornettes qui changent au gré des conteurs et de ce qu'ils veulent dire de leurs propres époques.

L'humanité n'a pas plus de destinée qu'une termitière endémique pourrissant lentement sous le soleil.

Tout ça va mal finir.

Je furète quelques regards le long des vitrines à travers lesquelles je ne distingue rien. Elles me servent de rétroviseurs d'espionnage pour étudier la grand-place dans mon dos. Je flâne. Enfin, je crois me donner des airs, mais la tête baissée, les jambes tremblantes, la silhouette courbée, me trahissent plus sûrement.

Je remonte ainsi le cours, m'engouffre quelques instants rue Auguste Comte, dernier savant philosophe respecté de son temps mais bien « taré » dans le nôtre.

Pardon, Maître, vous n'étiez qu'un dégénéré intellectuel n'écoutant que son positivisme pour faire de sa personne sa propre religion. Un truc dans le genre…

Je reviens sur mes pas comme on devrait le faire sur le choix de certains noms de rue. Me mets en observation. Et dire qu'on peut être examiné par d'ainsi Auguste, imbus d'eux-mêmes, jugeant de tout.

Tout comme mon juge.

7 h 15

Pourtant, avec le banquier, ça s'était bien passé. Il s'exprimait posément d'une voix de pommade. Douce. Onctueuse. Traître à souhait. Il m'avait transféré le pognon pour lancer ma nouvelle activité, il y croyait, trouvait certainement que nous étions escrocs de la même trempe, ça crée des liens. Oui, me prêter l'argent des boursicoteurs en s'appuyant sur mon patrimoine pour se faire rembourser, risque zéro, avouez que vu ainsi, c'est gonflé ! C'est un métier. On pense qu'ils sont des spécialistes, analystes, supérieurement intelligents pour des choses qu'on déchiffre à peine. Insidieusement, leur « top » est considéré comme un sésame à la réussite. Un « sachant » acceptant royalement de mettre son sceau sur un projet, le tamponner dans la cire avec sa grosse bague et ses mains grasses. Ainsi soit-il ! On s'en ferait presque un brevet, un joker à montrer au premier pépin. « Vous ne pouvez pas m'opposer cette réclamation… un banquier m'a approuvé ! » Mais non, bien sûr que non, le monnayeur n'a fait qu'évaluer des risques. Et je pouvais payer. Basta !

You want to play? You've got to pay!

En avant la musique, ou plutôt la messe est dite, tant notre confiance en cet institut se réfère à la croyance.

On pourrait se dire qu'à la vue du premier juge, il suffirait de montrer le carton d'invitation, dûment délivré par l'organisme compétent (la Banque), avec les signatures qui vont bien (les banquiers), pour que l'affaire soit classée.

« Oui, je vois, vous pouviez faire des dettes, c'est très bien, ce document est magnifique, j'adore la finesse de la gravure du sigle de votre établissement bancaire, on dirait du Dürer, vous m'en direz tant, vous pouvez circulez dans la finance, au suivant ! »

Ben non, non, non, non. NON !

Ma première comparution fut la dernière. Je n'ai jamais voulu y retourner. J'ai bien vu que mes contrats n'étaient que de papier, et mon homme de caisse un frileux, craignant son ombre surtout en plein soleil. À l'unisson du jugement dernier, je fus désigné comme étant la crise risquant de torpiller l'ensemble des créances lyonnaises, j'étais un méga-subprimeur à moi tout seul, le Madoff de la région Auvergne-Rhône-Alpes, l'Attila des coffres-forts départementaux… Là où je passerais, les billets multicolores ne repousseraient pas… Il m'enjoignit scrupuleusement de rendre l'argent. Et voilà !

Oui, vendre mes biens, bien sûr… et faire un crédit peut-être… mais je n'y avais pas droit… « j'oubliais »… « vous avez des amis, sûrement » me dit-il. Oui ! Pas comme toi, gros tas ! Mais comme ce sont des amis, je ne les fais pas tremper dans mes soucis, à l'instar de ma famille… Pourquoi ? Mais parce que je les aime !

Couillon !

Ce qui m'a valu une amende pour outrage à magistrat !

Il se moquait bien de m'avoir outragé, lui.

5 000 balles… dans le pied, puisque je n'avais plus de carte bleue.

Après cette envolée lyrique, le juge sortit se nourrir au gastro de l'angle, rétrécir la tripaille aux mêmes dimensions qu'il l'avait fait de mes espérances. Fatalis pouvait faire tinter ses couverts pendant qu'on le saluait muettement. Il se noua sa serviette de valet d'écurie pour manger orgiaquement, les doigts graisseux trempés de sauce gribiche, l'œil troublé par les « fillettes » de brouilly. Le juge s'attardait dans ses replis, hoquetant gras, déjà à l'affût d'une lame à monter sur un échafaud, je suppose. Ou se désespérant de ne plus pouvoir le faire, la conscience somnolente dans une digestion lente.

L'observer a duré plus que le temps d'un supplice.

« Jugement reporté », a dit le salopard sur la lettre avec accusé de réception. Je l'imaginais rotant au moment de la signature, avec son ventre et ses bajoues dégoulinant par terre, mollement tenu par sa flanelle et son tissu anglais.

On peut haïr la justice pour moins que ça.

Mon avocat, parce qu'il en faut un, autrement ce ne serait pas assez cher, s'appelait Maître Luc, un nom à ne pas y croire. Vive le verlan, trou du…

Il sentait l'imbécile à plein nez, pas le crétin, non tout de même, l'imbécile, celui qui sait seulement ce qu'il lui faut savoir pour travailler, manger, dormir, jouer, qui s'en contente ; celui qui utilise la réflexion des autres à la télé tout en se persuadant des inepties populistes, ce prêt-à-penser en taille standard qui rend ridicule à la sortie des cabines ou des isoloirs ; et qui le clame pour quelques effets oratoires entre amis. Qui croit penser comme on se suppose à la mode, en enfilant les vêtements concepts conçus par quelques créateurs mais qu'on retrouve à La Redoute. Se pâmant sans réflexion pour la radicalité d'un slogan comme on portait un catogan pour faire branchouille. Ensuite, c'est notre propagande personnelle qui nous sert en salade toutes ces belles couleuvres. Gloup ! Avalée !

Qu'il est doux cet intérêt faussement attentif que les autres vous montrent lorsque vous utilisez les verbes des orateurs patentés ! Et l'on s'obstine dans la connerie !

Vous le voyez, ce populiste passionnant et continuellement sonore qui râle incessamment en variant le ton par exemple après chaque votation. Tenez, à l'instar de Cyrano s'il en avait la faconde pour exprimer ses principes en République lorsqu'il vous critique :

Agressif : « Moi, Monsieur, si j'avais en politique de telles idées,

Il faudrait sur-le-champ qu'on me les amputât ! »

Amical : « Mais elles dégoulinent de mauvaises intentions, elles doivent se répandre dans votre tasse

Pour les boire, faites-vous fabriquer un hanap ! »

Descriptif : « C'est en trop ! … ça me pique ! … ce n'est pas le bon cap !

Que dis-je, le bon cap ? … C'est une insulte ! »

Curieux : « À quoi sert cette enveloppe que l'on occulte ?

De vindicte, Monsieur, ou de boîte à couillons ? »

Gracieux : « Aimez-vous à ce point les fripons

Que paternellement vous vous préoccupâtes

De donner le perchoir de l'Assemblée nationale à leurs petites pattes ? »

Truculent : « Ça, Monsieur, lorsque vous votez,

La vapeur de la honte vous sort-elle du nez

Sans qu'un voisin ne crie au feu de cheminée ? »

Prévenant : « Gardez-vous, votre vote entraîné

Par le poids de la honte, de tomber en avant sur le sol ! »

Tendre : « Faites-vous faire un petit parasol

De peur que la couleur de votre culpabilité ne se fane ! »

Pédant : « L'animal seul, Monsieur le mégalomane

Qu'on appelle l'extrême craignos

Dut avoir sous le front rien entre les os ! »

Cavalier : « Quoi, l'ami, ce vote est à la mode ?

Pour perdre son pays, c'est vraiment très commode ! »

Emphatique : « Votre vote peut, faute magistrale,

Enrhumer le pays tout entier, à l'instar du mistral ! »

Dramatique : « C'est du sang bien rouge quand il règne ! »

Admiratif : « Pour un menteur, ce vote quelle enseigne ! »

Lyrique : « Pour un tel vote, êtes-vous conque ou un triton ? »

Naïf : « Votre erreur, quand la visite-t-on ? »

Respectueux : « Souffrez, Monsieur, qu'on vous salue,

C'est là ce qui s'appelle avoir couillon sur rue ! »

Campagnard : « Eh, ardé ! C'est-y un vote ? Nanain !

Votre tête est-elle un navet géant ou bien un melon nain ! »

Militaire : « Votez avec moins d'esprit et plus de cavalerie ! »

Pratique : « Voulez-vous mettre votre connerie en loterie ?

Assurément, Monsieur, ce sera le gros lot ! »

Enfin parodiant Pyrame en un sanglot : « Le voilà donc ce vote qui des traits de son maître

A détruit l'harmonie du pays ! Il en rougit, le traître ! »

Voilà ce qu'à peu près, ces très chers populistes auraient dit

S'ils avaient un peu de lettres et d'esprit…

Mais d'esprit, ô les plus lamentables êtres,

Ils n'en ont jamais un atome, et de lettres

Ils n'ont que les quatre qui forment le mot : sots !

C'est bien beau, mais avec la justice, je n'ai fait que me recroqueviller dans ma coquille, tandis que le juge était une fourchette à deux dents trifouillant pour sortir je ne sais lequel de mes escargots baignant dans son huile bouillante et persillée.

7 h 20

Je siffle. Ça n'a rien à voir avec *Jealous Guy* de John Lennon ou *Wind of Change* de Scorpions. Non, c'est ma gorge, l'asthme qui, pendant que je récupère et observe, vient se rappeler à moi.

Siiiiiiifffsiiiiiiifff !

Je sors de l'anonymat d'une rue où les passants ne passent guère, pour fixer mes pieds en train de me conduire vers la piétonne Victor Hugo, avec une promesse de me mêler aux premiers riverains filants en petites grappes. J'en profiterai pour traverser jusqu'à l'immense place Bellecour afin de me réfugier à l'ombre de ses arbres, à travers les fleuristes ouvrant à peine leurs échoppes. Qui offre des fleurs à cette heure ?

Je vais mal, mais autour, cela semble pire. Non ?

La durée de mon isolement de ce monde, suite au mal qu'il me donne à la tête, risque d'être de plus de sept jours. Les autres patients victimes de ce chambardement ont de plus en plus de signes neurologiques bizarres. Ils gueulent. Tout le temps. Sur tous les tons. Et tous les supports. Ils sont en colère. La pire. Celle mue par la peur. Il y a de quoi. Elle est partout, comme une bave empoisonnée. Putain de Poutine qui joue, jongle avec ses bombes, al-Qaïda et les autres trop barbus menacent tous les scribouilleurs, Trump et ses idées existent encore, des policiers se jettent sur les George Floyd, les écologistes ne sauvent que leurs mandats électoraux, la droite se divise en nuances d'extrêmes, la gauche hurle des mensonges mélanges de rhétorique et de décibels, les financiers s'astiquent devant les courbes

et se branlent du reste, l'inflation galope sur les rayons :
« Z'avez vu les étiquettes ? Tout est plus cher ma pau've
dame ! » Le pétrole flambe avant de brûler dans nos voitures, les Français attendent le nouveau vainqueur de
Rolland Garros et celui du Tour de France en espérant
que ce soit le même tellement ils aiment les hommes
providentiels, Dijon ne produit plus de moutarde et les
volcans d'Auvergne abandonnent le Saint-Nectaire, le
même gouvernement assure le même changement, la
société ne jure que par le maintien de l'ordre et les op-
posants cassent tout en prétextant la liberté.

Alors, je m'étais fait une tarte aux pommes… car bien
sûr, je suis un privilégié d'avoir des pommes, un pommier, dans le bout de nature du square des propriétaires.
Ils disent que j'ai la chance de ne pas me consacrer à un
travail ressemblant à celui des autres, qu'être patron
(même d'un tout petit truc) est un idéal petit-bourgeois
de confort matériel, ou de détachement aristocratique,
que je vis dans ma tour d'ivoire, ou plutôt sous mon
pommier d'or, ou d'émeraude, on me dit qu'il y a dans le
fait de savourer tranquillement une tarte aux pommes à
l'abri de la tempête, en vue des rives du Rhône, un acte
qui n'est pas dépourvu d'égoïsme, une tentation hédo-
niste, véritablement scandaleuse, un sacrilège presque
irresponsable, inadmissible, d'une violence insoutenable ;
à cela je réponds joyeusement : Oui !

J'ai choisi, et pas vous. Vous me jalousez, regardez
vos pieds. Et je croquerai dès que je le pourrai dans ma
tarte aux pommes.

Je suis seulement dans leur illusion du bonheur d'être
riche, la liesse des liasses.

La richesse matérielle est une utopie si on ne sait pas
quoi en faire, le bonheur en est une autre qu'on s'inflige
à soi-même. Alors, peu à peu, je me suis dérobé à la réalité.

Je traverse et longe la place. À regret. J'en avais marre d'attendre. Attendre, quoi ? Il faut avancer. Mais à regret, c'est sûr.

Le regret est un tout petit pays, on s'y sent tellement à l'étroit qu'on le fuit. Comment rester immobile quand nomade est la loi ancestrale ?

Il y a bien plus fort que la haine ou la méchanceté ou la perversité, il y a les règles du monde. Celles de ceux qui vous entourent. Une question de fuite, l'humanité ne fait que fuir et ça la fait avancer. L'important est la direction.

J'avais bien pensé tout laisser filer à vau-l'eau, prendre la tangente et m'enfuir, riche, dans n'importe quel paradis miséreux. Tout lâcher et partir tout droit, mais je me suis souvenu que la Terre est ronde, et qu'on revient toujours à soi, j'aurais immanquablement retrouvé les mêmes problèmes puisque je ne fuyais que moi. Peut-être bien que j'ai dû penser à des amis, à ma famille, ou à la France.

Je ne sais plus. Ma gueule ? Oui, aussi, sûrement. Ou alors je voulais m'infliger la justice et expier par une juste punition. Mais elles ne le sont jamais. C'est toujours l'ordre qui est recherché bien plus que la justice. J'ai joué avec le feu, le danger, sur une tangente infernale, amusante, vivifiante, avec un barillet dont on ne sait le nombre d'alvéoles vides pour une pleine. Clic !

Pourquoi m'étonner de la tournure des événements ? On ne peut pas aimer danser avec les démons et se surprendre d'être en enfer !

En fait, je suis resté par lâcheté. Le reste du monde est trop incertain et dangereux pour un Européen hors Communauté économique de l'Europeanie.

On dit que la vie est injuste, la mort l'est sûrement davantage. Elle dure plus longtemps. La justice n'est pas de ce monde, il n'y a donc aucune raison qu'elle soit de l'autre. Ne sont-ce pas les mêmes qui le peuplent ? La disparition est encore plus injuste. Vous ne pouvez plus vous défendre, votre légende se construit sans vous, à rire, à moquer ou à pleurer. Mourir, de rien, seul bien sûr, ou pas, dorloté, torturé, de hasard, de vieillesse, héroïquement ou dans la fuite, pleuré, anonyme, rien à voir avec le mérite. Tout est mis en scène. Mais à votre mort, ils ne sont pas obligés d'y croire.

Il n'y a pas que le couteau, une balle, un obus, une voiture qui coupe une route, un crabe qui dévore ; une petite missive peut suffire, une simple, vraie, avec des fautes échappées, pas forcément méchante. Une fin d'histoire tue aussi sûrement qu'une arme.

C'est étrange comme une vie peut changer.

On lit et relit une lettre de rupture aussi attentivement qu'on retourne un sablier pour regarder s'écouler le temps, en se demandant si le déroulement peut, pour une fois, se faire de façon surprenante, prendre un autre aiguillage pour que la fin ne soit plus celle connue et que, pour une fois, le vide du haut aspire le trop en bas.

Non, la gravité de la terre et celle des événements est la même. Inexorable.

Elle est partie et tout fout le camp. Bah, tout foutait le camp avant, déjà.

Je passe à travers la porte qui vient de claquer sur ma mémoire pour me retrouver dans la rue. Il faut que je redevienne attentif, les deux affreux ne sont peut-être pas loin.

7 h 30

Finalement, le soleil n'est pas très haut, sans être en rase-motte il tente tout de même un décollage obèse. Avec la nébulosité printanière et le rideau de gouttes, il en devient blanc parsemé d'éclats éblouissants. Sans Ray-Ban, on ne peut rien voir, les silhouettes se déforment ou sont ignorées par le cerveau gêné. Il ne doit pas savoir, tout semble immobile, même les passants qui remontent la place sont figés par la perspective et les rayons lumineux font flouter les dégaines. Je donne des coups d'œil en arrière par en dessous, à la manière de James Dean ou de Jean Dujardin quand il fait le con en habits d'OSS. C'est par réflexe défensif et je ne devrais pas. Je le sais, mais je fais.

— Hey, vous… putain… bordel !
— Ta gueule ! … Cours ! …

Courir ! Courir ! Courir ! J'ai de l'avance, des coins d'ombre sous les arbres devant. Je pointe plein ouest, direction la Saône.

Je ne respire plus, je suis à fond, en anaérobie, je passe devant la statue de Saint-Ex avec son Petit Prince sur l'épaule. C'est moche, aucun Lyonnais ne la voit. Longtemps, il n'y a rien eu à cet endroit et on ne peut la distinguer de loin dans les feuillages. À ses pieds, elle ressemble à un pilier de béton carré supportant un Manneken-Pis trop sérieux qui aurait refermé sa braguette suspendu à un épouvantail fatigué. Ces deux-là méritaient mieux, pour sûr.

Rapide ! Je me dissimule en boule derrière l'édifice invisible. S'ils me trouvent… j'écraserai leurs nez dans la boue bien épaisse d'un début avril, celle d'après les pluies cinglantes, glaçantes et pouilleuses, qui transforment tout en terre crade malléable. Je les malaxerai comme de la pâte à modeler pour les unir à la glaise et qu'ils meurent en garçons de ferme qu'ils auraient dû être. Je serre les dents, je n'ai rien imaginé vraiment, je ne pouvais pas filer en ligne droite avec les pétards au cul. En joue ! Feu ! Non !! La feinte est belle, j'ai zigzagué en espérant qu'ils cherchent dans le zig pendant que j'étais dans le zag.

— On appelle Fort Apache !
— Ta gueule ! …
— Arrête avec ça ! T'as qu'un mot à la bouche !
— Ta gueule ! …

Je les entends, ils sont à trente mètres, je n'ose les voir. Je respire trop fort, tout en ayant l'impression de m'étouffer.

Ils ne me voient pas, s'engueulent comme des pies. Je ne sais même pas s'ils pensent encore à moi. Ils doivent se concentrer sur la prochaine insulte pour toujours revenir aux mêmes.

Qui se soucie de moi ? Pas vous, les planqués dans les immeubles cossus qui me jugez en m'observant faire mon manège pendant que la bonne fait le ménage. Le remugle de la terre mouillée m'agresse et c'est mon nez qui me chatouille. Je me le bouche et éternue dans mes oreilles, les yeux piquent… Ce n'est pourtant pas le moment de l'allergie. L'impasse de l'éboue me fait mal aux tympans, la contre-pression interne s'étale. Un passant s'est arrêté au loin avec la tête dans ma direction. Enfin, je crois… si… non… si ! Il doit voir les flics et moi en boule. Je… je… je me trouve une occupation, fais semblant de trifouiller quelque chose, passe ma main dans le gore, on dirait Pierre Richard en train de jouer le rôle d'un agent secret.

Il n'y a plus de bruit.

L'observateur a un chien, un truc aussi beau et à peine plus grand qu'un gant de toilette. Il le regarde peut-être pisser. Obsédé ! Je me lève en détaillant un truc imaginaire dans ma main, je donne l'impression de le mettre dans ma poche. Son chien chie, là il ne regarde plus rien, il feint l'inattention, tout en se rendant transparent de la flicaille. Il ne ramassera pas la merde mais sait que ce n'est pas bien et puni impitoyablement par la loi. On se retrouve maintenant dans le même camp de l'insoumission. Chacun ses révoltes.

Je jette tranquillement un œil sur la rue Saint-Exupéry longeant l'immeuble où l'auteur est né en 1900 tout pile. Antoine, jette-moi un avion, princier ou non, même en papier, on s'en fout. Évade-moi, comme tu es sorti des sables ou de la cordillère des Andes. Je me nourris de tes rêves de liberté, j'inspire ton huile de ricin bonne à faire pétarder n'importe quel moteur en étoile. J'en pleurerais tellement j'aimerais t'implorer. Donne-moi la force d'interpréter ma vie comme toi tu as su écrire la tienne. Trouve-nous un futur à construire, même en briques et de brocs.

Maintenant, on ne rêve plus l'avenir, on l'achète. Il n'y a qu'à voir Apple, Bezos, Musk, ils s'approprient toutes les technologies d'un secteur. Ils perdront 99 fois pour gagner une seule, mais ils gagneront à tous coups. J'aimerais miser sur toutes les possibilités à la grande roue du destin. Roule roulette, noir, impair et manque, le banco est pour Max !

Mais l'humain ne s'en soucie pas, il n'est que du marketing qu'il faut triturer. Ces dieux-là des affaires mondiales sont moins humains qu'un Zeus et tout aussi puissants ! Ils devraient pourtant réfléchir que l'avenir n'est qu'une notion vague, le futur n'a pas de début et encore moins de fin, parce que ce concept n'est pas une existence avérée et ne sera jamais. Il n'y a que des hommes.

Il faut que je change de planque jusqu'à ce qu'ils soient loin ou que je sache où ils peuvent être.

7 h 35

Je n'entends presque plus rien, un peu de vent, mon cœur dans l'oreillette, et une frousse subite. Je ne m'y attendais pas. Maintenant que les choses se calment, la tête surgit et alerte. Waouha wouha wouhaaaa. Alarme ! Danger ! Il faut que je bouge ! me dit-elle.

Je me précipite les jambes dans le désordre, on les dirait désynchronisées des bras. Et cet asthme qui envahit ma gorge. Je me jette, ou tombe, derrière une DS verte ventrue, une vraie, celle des années 70, qui n'aurait pas dû se garer sur cette place, à l'exposition de tous, à moins d'une panne ou d'une providence. Elle est avachie, une flaque sous les suspensions, la technologie française a rendu les armes depuis longtemps. L'engin va probablement se répandre, la carrosserie se liquéfier bientôt et je serai à poil au-dessus de la marre vaseuse de la reine déchue de la route.

Pour se cacher, il faut se fondre dans le sommeil des spectateurs, jusqu'à ce que le corps ressemble au petit jour. À la faveur d'une désobéissance, se mettre dans le flux liquide de la trouille de se faire prendre, pour nager à peine à contre-courant, de biais, entraîné mais n'avançant plus droit.

On peut désobéir et cela fait partie de la liberté. Lorsque l'autorité est légale (autrement il n'y a pas de question) mais illégitime. C'est-à-dire hors de propos sur un sujet qui ne peut la regarder, ou complètement incompétente sur ce qui devrait pourtant la concerner. On peut se poser la question de l'acceptation de cette autorité. La plupart du temps, le sceptre n'est pas visible, quelques textes inconnus parlementés chez des parlementaires exaltés ; ou elle peut être lumineuse (flash !) comme un radar dans la nuit. Bien souvent, elle se matérialise mentalement par l'autre sur l'épaule qui nous regarde, qui murmure indistinctement : « Non, tu ne devrais pas faire ça. »

Je tente de me calmer. Calme-toi. Je risque quoi ? Une puissance, publique ou non, est associée à un danger. Alors, ne pas se faire prendre, comme un jeu, une simple distraction, un défi fait gamin avec une obstination forcenée. Comme si ma vie en dépendait, même si on ne sait pas ce qu'est la vie tant qu'on n'a pas trop vécu, tant qu'on est trop jeune. Voilà, je me suis entraîné toute ma jeunesse pour cet instant. Les cache-cache, les chats perchés, les balles aux prisonniers, les cowboys et les Indiens, les flics ou voyous… adonc, j'y suis, à la manière des lionceaux se mordillant à peine pour apprendre à égorger l'antilope.

Ça reste forcément un jeu, on n'est pas aux US, on ne meurt pas de hasard parce qu'on croise un flic !!

Un bruit ? Je retiens mon souffle.

Encore… il est incongru.
Un clic, une arme ? Un malin, un piège ?
Non, peut-être le boum-boum sanguin et mes sens qui se tendent.

Et si ce jour étrange, ce matin de feu n'avait pas de journée, une horreur en aurore ?
Aujourd'hui serait le dernier de mon existence, la dernière fois que j'ouvre les yeux, mon dernier silence, sans un adieu, en anonyme. J'ai envie de leur cracher à la

gueule comme ce rap poétiquement haineux qui m'a trucidé les oreilles lors de mon dernier footing de merde. Boom boom, je me l'interprète aussi.

À qui le dire cet adieu ? À Dieu ? M'en fous. Aux deux pourceaux mes bourreaux, adieu. Adieu ma belle, qui ne l'était que par mon désir, je le sais. Adieu les enfants qu'heureusement je n'aurai jamais, ça évitera les psys et la culpabilité carbonique à effet de serre, adieu ma famille qui n'a rien compris, rien pardonné, rien transmis, juste de la nostalgie tellement visible qu'il me semble parfois me croiser dans ces rues pendu à la main de maman sous les yeux froncés de papa. J'ai maintenant fini d'être une photocopie, fini la monotonie, la lobotomie, aujourd'hui je ne me déguiserai plus derrière ma cravate de traviole, je n'irai pas au travail, celui que j'ai choisi pour leur rapporter à tous. Adieu les clients, employés inhumains de bureaux aseptisés, mais méchants, cruels par nécessité en compensation de leurs vies trop proprettes, désolé, je n'ai pas raté la mienne, puisque je meurs en beauté. Mes raisons prendront peu de place dans leurs cerveaux étriqués, pire, ma disparition les soulagera dans leur infinie bassesse. Adieu les fournisseurs grassouillets, représentants en taux d'alcoolémie, ne buvant jamais d'eau de peur de se noyer. Adieu les secrétaires qui se veulent assistantes et leurs discussions stériles sur le temps qu'il fera ou la taille des bigoudis. Adieu les jeunes cadres surdiplômés, prêts à grimper sur les cadavres de leurs confrères pour l'ivresse d'un sommet, adieu leurs PDG, je vous verrai bien sauter de vos buildings en essayant d'actionner vos parachutes dorés. Adieu les ouvriers, chers produits obsolètes, défendant les 35 heures alors qu'ils en font 50, qui s'accrochent à leurs RTT en espérant sauver leurs vacances caniculaires qu'ils ont bien méritées, accablés pour leurs CDI imposés par des courtiers en monnaie, agents de change patentés d'une terre promise qui n'a rien tenu. Adieu la campagne et ses familles qui veulent reconstruire le monde autour d'eux, bien qu'ils se plaignent d'être des bouseux. Adieu les vieilles commères, qui se bouffent entre elles et haïssent le monde nouveau autant que l'ancien dont elles sont les tricoteuses. Adieu leurs maris, ces vieux radins et leurs économies de bouts de chandelles qu'ils n'ont brûlées par aucune des extrémités. ADIEU, cette France profonde, comme elle se dit, inutile, débile, putride, c'est fini, vous êtes en retard d'un demi-siècle sur ces Trente Glorieuses dont vous n'êtes pour rien. ADIEU, ces Parisiens et surtout ceux qui s'en croient, médisants, jamais contents, superficiellement cultivés, à peine intelligents, répliquant des répliqués, qui regardent la « Province » du haut de leurs talonnettes. ADIEUUUU, les sudistes, les nordistes, et les autres points cardinaux, abrutis par leurs contrées, qui te baisent avec le sourire pour te faire sentir une culture qu'ils résument en caricatures. ADIEU, ADIEU, A-DIEUUU, les extrémistes de gauche, de droite et du centre, qui justifient leurs vies de merde par des utopies irréalistes qu'ils imposent à tours de votes, qui ne voient pas plus loin que leurs haines, qui se bouffent entre eux alors qu'ils sont bien souvent les mêmes. ADIIIIIEU à ces jeunes qui se plaignent, rechignent et ne supportent pas la moindre secousse, bye-bye aux fils de bourges qui possèdent tout et ne savent pas quoi en foutre, à part se l'enfiler dans le nez. AAAAAAADIEUUUU, à ces fonctionnaires continuellement dépressifs, qui aiment la sécurité de l'emploi mais qui refusent qu'elle ait un prix. ADDDDDDDIEU, les grévistes, les empêcheurs d'avancer, qui passent moins de temps à chercher des solutions qu'à trouver des slogans avec des rimes à la con, qui oublient leur petit nombre pour bien faire chier les vrais populos. ADIEU, oh oui à lui, ses religions, ses sectes et leurs couillons, ceux qui veulent m'imposer des préceptes pour que je meure mieux. Oh oui, putain, ADIEU, je vous hais, prisonniers volontaires de vos cages paradisiaques, ne cherchant que des boucs émissaires pour s'en servir de serre-pierres.

Au revoir ce jour, j'espère déjà un lendemain, ou j'aimerais le croire, j'ai envie de parler du présent au passé.

…

Pour calmer ma colère, je fixais le sol pour déplacer le temps, les pigeons avaient glorieusement ajouté leur décoration de la rue à celle des hommes. C'est si sale, une ville.

Caché près de cet immeuble, je me rappelais que dans mon présent, j'entendais une pub se diffuser par la fenêtre : gnagnagna, achetez ceci et n'oubliez pas cela. Super, voilà encore une bonne raison de vivre…

J'attendais en me concentrant, mais je n'avais toujours pas fabriqué le souvenir de leur avoir faussé compagnie. Je ne me souviens d'aucune échappatoire. J'ai beau observer, rien n'est en noir et blanc. Pfff, je n'arrive à prendre aucun recul, le présent est trop présent, envahissant, je ne peux me projeter et le fuir. Il n'y aura pas de passé si je reste coincé dans cette réalité.

De toute façon, même le passé est devenu laid.

7 h 40

Elle m'a largué, alors j'ai dérivé comme un bateau ivre, mort, coquille de noix, excise esquif qui se cache à l'eau. Je me croyais navire aux gros canons, je suis méduse ou son radeau.

Putain ! Qu'est-ce que je fous immobile ici ?! Sans rien pouvoir faire que ravaler ma haine, déglutir ma peur. J'aimerais être un instant tout-puissant. Je ne sais pas moi, dans mon délire et ma déficience, je m'imagine barboter le cuirassé USS Alabama. Un de ces énormes navires de bataille aussi obsolètes que des guerres mondiales. Ouais le kiffe, une nuit à Mobile Bay, le port où il est enchaîné, avec un groupe de dissidents de l'humanité, pourfendeurs de la connerie et de l'oppression. En douce, on aurait rempli les cuves à mazout, quelques milliers de tonnes… bien sûr que c'est possible puisque je le veux, allumer les feux, mis de belles casquettes, et en avant pour sortir de la gangue à la force des quatre hélices, gouvernail direction la haute mer, au nez et à la barbe de la commanderie, à la stupéfaction du monde, le dinosaure invincible dont aucune balle de flicard ne peut écailler la peau de peinture, le voici qui fend l'horizon, portant en tête ces fabuleux affûts capables de cracher le poids d'une bagnole en explosifs à 40 km de là, rien que la menace suffirait, et l'invincibilité d'une muraille de plus de 30 cm d'acier forgé, nickelé, trempé, cémenté, zingué, bruni, phosphaté, tout traité pour défier les vents divins des soleils levants. Putain, majestueux et invaincu, démodé comme une cathédrale, puissant comme un Dieu, naïf comme un éléphant aux défenses trop longues et trop blanches d'ivoire, 40 000 tonnes de force et de violence contenue, de respect. Et cela donnerait des idées à d'autres, dérober son confrère USS Texas qui se morfond entouré de terres, ou le transatlantique « Super Fast » United States pourrissant pour n'avoir jamais voulu ralentir son transport de militaires, et l'imposant « Battleship » USS Missouri immobilisé à Hawaï alors qu'il fut le plus rapide guerrier flottant de tous les temps de conflit, et que son pont vit la signature de la paix atomique en baie de Tokyo. Tiens, j'irais remettre à l'eau le vénérable HMS Victory qui nous condamna à Trafalgar et faire renaître l'esprit irascible de l'amiral Nelson, kidnapper le HMS Belfast croiseur à qui l'on doit bien ça après sa participation obstinée dans l'éradication des derniers navires nazis, ou remettre en marche le tremblotant Husacar, terreur matée sud-américaine qui se croyait maître du monde, attraper l'esprit Bushido du Mikasa qui massacra les Russes à Tsushima en 1905 en roulant dans la houle comme un fer à repasser sur une roubachka, et l'oublié croiseur cuirassé Georgios Averoff dépassé avant d'être lancé et perdu au pied de l'Acropole en attendant son tour pour défendre la civilisation. Et cette salope de croiseur Aurora qui pourrit à Saint-Pétersbourg en mal de révolution ; cette fois, elle ne tirera pas à blanc sur le palais d'hiver mais à rouge sur tous les connards. Toute cette flotte hétéroclite qui se rassemble et qui dit merde ! Merde ! Laissez-nous vivre, on est plus beaux, plus grands, plus forts que vous, arrêtez cette hystérie, laissez-nous respirer tant qu'on veut ! Calmez-vous tous, ou on fait tout péter ! On n'a pas de temps à perdre avec vos lois, vos instructions, votre pognon, vos règlements, nous on veut vivre, nous ne sommes pas sur cette Terre bien longtemps, alors laissez-moi, laissez-moi être humain, désirer, entreprendre, aimer, offrir ; ne me parlez pas de la valeur de la taxe, de la couleur de mon cul blanc, ne me montrez pas vos « devoirs » auxquels je ne comprends rien, qui sont abscons de conneries, je veux juste être un humain !

Et voir cette escadre remonter le fleuve, faire déborder le Rhône, défoncer les ponts en paradant devant l'allégresse et la stupéfaction, avec mon pavillon fiché en haut de la grande hune du premier, en train de toiser ces deux couillons. Tournez les tourelles hérissées de canons de 406 mm de diamètre et 20 m de long ! Voilà, connard, je te les mets dans les trous de nez, ne viens pas me chicorer ! Un petit salut de la casquette, maintenant tourelles dans l'axe, en avant toute ! Le monde n'est plus à eux, pas à nous, on s'en fout, vivons ou je tire !

BAOUM !
BAOUM !
BAOUM !
BAOUM !!!!

Je ferme les yeux un instant et je me lève sous l'euphorie des explosions de la grêle de feu, certain que la « flotte de la cruelle liberté » me couvre de sa pétarade, ils sont là ! Je distingue leurs mats, les radars, les pavois, les volutes des cheminées, le vomi de la poudre avec son odeur âcre. Je me lève en baissant la tête à l'imitation des Marines débarquant pour défendre un pays qu'ils espèrent devenir leur.

Je cours !

Je m'en fous, je cours !

Je couuuuurs, sans aspirations jusqu'à ce que je m'étouffe en direction des lourdes colonnes du Palais de Justice. Ils voulaient me forcer à y aller, je fuis pour le rejoindre. C'est ma liberté !

Après l'excitation du débarquement, je trotte rapidement moins vite… style footing au visage rouge, je me
suis bêtement asphyxié dans l'exultation. J'ai le temps
de réfléchir, du coup, une fois l'énervement passé.

C'est con, mais ce à quoi je pense, c'est à un café. Sa
présence amère dans la bouche, comme un proche qu'on
déteste.

Et puis la caféine quoi, cette addiction. J'ai la mauvaise
humeur qui gronde en orage et le ventre qui grommèle
l'absence du liquide âpre.

Et je me dis que tout cela est décidément très con.

Me voilà perdu à la retombée des produits naturellement dopants dealés par un dealer au-dessus de tout
soupçon : le cerveau. En pleine descente de trip… Sans
la protection des paradis artificiels parfaitement naturels,
je redeviens peureux, je ferme les paupières pendant que
mes jambes sont en cadences lentes, espérant maintenant
l'invisibilité.

Celle de l'autruche.

7 h 45

S'il vous plaît, non, doux Jésus, lâchez-moi, sales chiens !

Des clébards ont bien senti la frousse qui forme un halo autour de ma gueule, ça leur parle et ils me coursent. Un homme, ce tout-puissant qui fuit anormalement, c'est le moment de la vengeance pour eux.

Grrrrrrr

Wouf !

Ou de faire semblant. Ils ne vont tout de même pas se rebeller. Pour chercher quelle liberté ?! Ils sont nés ainsi, ils ont été génétiquement manipulés, savamment dressés, équipés de réflexes pavloviens s'accumulant à leur inné, pour obéir. Mais ils ne savent se courber que face à la normalité. Ils se dressent contre les divergences pour qu'elles se conforment à leur convention. Ils seraient capables de révolution pour que tout redevienne habituel.

Un peu comme nous.

Regardez les gilets fluo, ou les manifestants catapulteurs de pavés, de peur que les choses n'augmentent, pour que la retraite ne bouge pas malgré les contextes mouvants, que la maladie disparaisse ou qu'on avoue qu'elle n'ait jamais existé, pour nier les influences géopolitiques (une guerre ? où ça ?) sur le prix des condiments, pour trouver des têtes de Turc qui leur permettraient de revenir aux glorioles *seventies* qui n'ont jamais existé comme ils l'imaginent. Le monde court trop vite pour les chiens-chiens de l'humanité, ils aboient, ne sont pas vraiment méchants mais menaçants et c'est suffisant. Ils ne renverseront rien puisqu'ils n'ont pas faim. Et la promesse d'un susucre suffit, même s'il n'y a rien dans le gousset.

Ils ne révolutionnent surtout pas, n'inventent rien, ce n'est pas en prônant un ersatz de nationalisme ni un ukase de communisme qu'on innove quoi que ce soit. C'est toutou pareil et ça ne changera rien. Une révolution, c'est avant tout une invention. Mais plus personne n'a d'imagination.

Doux Jésus, lâchez-moi, merdes de molosses !

L'un d'eux doit être incroyant ou très vieux, il arrête son trottinement bruyant et grégaire pour s'en aller renifler les traces de pisse en chaleur menant plus loin vers l'arbre.

L'autre n'est pas bien réveillé, il a sûrement été beau et est plus silencieux. Il voudrait aboyer mais n'est pas certain, je tente de lui faire croire que je le comprends. « Mais, oui, t'es gentil, toi. » Comme tout bon puissant, je cherche la friandise dans ma poche qui en est dépourvue. Évidemment. Je lui montre avec des manières de prestidigitateur. Le chien se rapproche pour sentir, il connaît la supercherie, mais on ne sait jamais.

Et puis un humain qui fait ça avec ces yeux-là ne doit pas être bien dangereux. Il sait la situation sans risque, il l'a déjà vécue. À l'orée de l'appontement, je prends un instant pour le caresser afin qu'il n'aboie pas. Il a à peine fait un bruit de gorge façon moteur de hors-bord pour ne rien lâcher de sa fausse détermination.

Alors, tout en marchant, je lui ai parlé de toi, enfin d'elle.

Il faut dire que ce chien m'a fait penser à son clebs. Moi.

Aussi impressionnant, presque beau, fidèle, dévoué, obéissant et obsédé par l'odeur d'un cul.

Personne ne se voit en canidé, nous nous pensons élégants et sauvages, centaures ou mustangs, mais si nous étions équidés, ce serait bien souvent en chevaux de carrousel, perforés de part en part, du fondement à la tête, par une barre métallique, et condamnés à tourner en rond dans un vague mouvement de haut en bas, de bas en haut.

Le cabot me fait aussi penser à tous les autres, ceux qui jalousent, vous envient, parlent de liberté en s'opposant à la vôtre parce qu'elle leur fait de l'ombre, d'égalité pour vous prendre ce qu'ils reluquent chez vous avec avidité, de fraternité tant que vous n'avez pas tout donné. Quoi ? Vous avez réussi (ou ils le croient) et eux restent dans leurs charentaises à maugréer des insanités parées de valeurs pompées sur les devantures de mairies ! Quelle injustice ! Quel voleur vous êtes forcément ! Vite, au nom de ce triptyque dévoyé, il faut vous spolier, vous l'avez certainement mérité au tribunal de leurs aigreurs !

Jappe ! Jappe ! Bave et rage ! Le ciel se couvre perpétuellement de leurs humeurs !

À n'en pas douter, le temps est aux rageux !

…

La feinte de la nourriture n'a pas marché sur Rex, mais les autres médors se sont rameutés pour s'agglutiner comme des porcelets à une truie.

On dirait une élection présidentielle.

Mais la République est tricheresse. Je me souviens bêtement de ce mot d'Eustache Deschamps, poète et chroniqueur du XIVe siècle, dans un français depuis longtemps inusité à la sonorité outrancièrement riche : La vie est « tricheresse », j'aimerais que cela signifie tricheuse et traîtresse.

Doux Jésus, merde, vous allez me lâcher, les bâtards !

Mes bras font des moulinets à la façon des géants à voiles de *Don Quichotte*. Les chiens ne savent pas s'il faut avoir peur ou jouer, ils miment en se mettant sur leurs appuis, prêts à bondir nulle part puisqu'ils n'ont rien compris.

Tendus, hop, ils regardent, wouf, rien, quoi ? Héhé ! Où ça ? Tournicote ! Grattage des ongles sur les grilles ! Excitation !

Une agitation, des bruits !

Doux Jésus, ils sont là, les corniauds ! Les autres ! Je les avais presque oubliés ! Oui, ceux avec les menottes. Ce sont les chiens qui s'en sont aperçus, ils sentent l'agressivité en puissance qui vient vers eux, vers moi surtout, mais ça, ils ne le savent pas. Cette vitesse, ces yeux, cette senteur de sueur, mes cerbères se sauvent sans demander leur reste.

J'ai entamé la moitié de la passerelle du palais de justice, à 100 mètres du vieux Lyon et de sa promesse salvatrice, ils m'ont devancé par le pont Bonaparte, c'est sûr, puisqu'ils s'engouffrent à mon contresens. Je balance aux chiens :

— ATTAQUE !

Un intrépide musclé genre Pitt-chose a compris et, la rage aux babines, il se précipite sous forme de boule de bowling poilue pour le strike.

Doux Jésus, roquet, roquet !

Je compatis, tout de même, mais je ne sais pas pour qui.

Demi-tour droite, en avant, court !

Hop dé, hop dé ! Ciao !

7 h 50

J'entends les pandores presque roucouler en me coursant. Pas le son des amoureux, bien sûr, dans l'exercice de leurs fonctions dont ils ne discernent aucune de leurs responsabilités dans ce monde déloyal, les empennés aiment fondre sur les vermisseaux et s'en régalent. Par ce plaisir, ils sont un rouage de la loi et admettent une loyauté à défaut de la comprendre. Voilà, par roucouler, je voulais dire qu'ils font entendre de leurs gorges leurs cris de pigeonnés enrichis du goudron des cigarettes qu'ils n'auraient pas dû s'infliger.

Rrrrr – Rrrrr

Je cours, poursuivi pour être incarcéré, tandis que les autres là, derrière leurs portes et dans leurs maisons, sont libres.

Mais libres de quoi ?

Par qui ?

Pour quoi ?

Pourquoi ?

Libres de regarder cette réclame qui les force à acheter avec les économies qu'ils n'ont pas, pour vite se procurer de l'argent comptant avec tas d'intérêts. Ils confondent les plaisirs avec le bonheur, en écho avec le gimmick de la pub gobée. Mieux, ils ne se savent toujours pas heureux même quand ils oublient de râler. Mais ils concupiscent de partout, prennent leurs jouissances à pleines mains, pourvu qu'elles soient artificielles, androgynes, clignotantes, grasses, interdites, petites, rapides, gavées de strass et d'illusions en boîte, pour youpi ! Ils courent après sans jamais rien atteindre, suivent de petites pierres blanches pour les ramener sur le chemin. Je sais que je ne leur ressemble pas, je ne dois pas aimer l'épicurisme.

Il n'y aurait aucune honte à préférer le bonheur si c'était le but de la recherche, mais ce n'est pas mon truc, je préfère la liberté. Les gens se méprennent souvent des deux, quelle erreur ! Comment les distinguer assurément ? Le bonheur, c'est frais comme de l'eau, tandis que souvent, la liberté a une drôle d'odeur de relent fécal.

Oh, ce n'est jamais difficile de se foutre dans le caca. Surtout avec mes dons pour l'embrouille. Mais je me sens plus libre qu'eux. La liberté ne serait-elle réalisable que contre l'humanité ? Ça paraît évident depuis presque deux heures que je lui cours après, ou tourne autour, en éphémères et puissantes variations.

J'en souris quasi.

Non, je souris vraiment, aussi effrontément qu'un roadrunner de dessin animé crayonné dans les rocheuses. Bip-Bip !

Fuuuuuuuuuuuuuuuuuuuzzzzzzzzzzzzzzzzzz

À la façon de l'autruche très emplumée, je me dirige vers les bords du cartoon. Le contour de ma solitude de coureur est la foule.

Là, je la vois.

Les gens sortent de leur fourmilière tels de tristes insectes silencieux animés par des enzymes les orientant sur le chemin du labeur, sans plus de but que cela.

Il y a bien du monde, trop, où étaient-ils quand je gémissais, où bordel ! Ils doivent sentir la veillée mortuaire et s'entraînent à leur rôle conventionné d'apitoiement tardif et de cancans méchants.

Ma cavalcade semble détruire le monde que je connaissais, traversé par une onde satanique ce que je parcours tombe en morceaux derrière moi. Je sens les ponts brûler, les routes se faire abîmes, les immeubles se perdre dans des nuées ardentes. Je ne peux plus revenir en arrière, nulle part, de chacune de mes foulées naît le néant.

Et cette masse d'anonymes qui va finir par se reconnaître, pas en moi mais en elle, et se comporter comme il convient. Là, ils se croient individus, perdus dans leurs crottes des yeux cachant des cauchemars pas encore oubliés. Ça ne saurait tarder.

La foule, c'est quoi ? C'est toi en plus bête, en plus fort, en plus agressif, en plus haineux. Une foule, c'est obèse, ça grossit tout le temps on ne sait pourquoi ; une foule, ce sont des poings brandis, des sons en hurlements ; une foule n'est jamais inoffensive, il faudrait la regarder dans les yeux pour qu'elle le soit, elle en a trop, même dans le dos. Ce sont des odeurs, des haleines chargées de cocottes-minute, d'alambiques. Une foule, c'est moche. C'est tellement banal que ça court les rues, une horribilité commune, une foule ne commet pas d'erreur et ne subit aucun remords, elle est emportée par elle-même, sans y être pour quelque chose. « Ce n'est pas ma faute, c'est un mouvement de foule. » Oui, voilà, une foule, c'est en agitation affreuse, mais ce n'est pas d'elle, elle n'est rien, elle vient de nous et nous échappe. Une échappatoire. La foule se serre les uns contre les autres, se sert des autres, pour se protéger ou pour haïr, elle tue la frousse, parce que ça fait toujours moins peur de mourir à plusieurs.

Et puis elle scande. Criera ma mort ou ma vengeance. Elle entamera secrètement les devises naïves sur les frontons, j'en reviens à celles que personne ne comprend mais qui nous structurent tous.

Liberté… mais c'est quoi, la liberté ? Personne ne l'a vue puisqu'aucun ne peut la décrire. Mais on s'illusionne de l'apercevoir dans un dessin sur du papier ou contre un mur.

L'égalité… de tout tirer vers le bas. Tous les hommes sont différents, mais à eux de se mouler dans la même matrice. La grande fonderie de l'école sert la standardisation nécessaire. L'égalité est la grande erreur, celle qui induit toutes les confusions. Elle appelle à une notion de « traitement égal » relevant du domaine de la morale. Rendre les petits plus grands et les grands beaucoup moins parce que ce n'est pas bien d'être différent…

Nos aïeux auraient été bien inspirés de parler d'équité qui met en œuvre plus efficacement l'impartialité et la justice grâce à l'éthique sous-jacente.

Éthique versus morale, mon choix est vite fait !

La fraternité… celle qui est obligatoire, sans cœur, un chiffre en bas du ticket de caisse après le montant de la TVA, à redistribuer derechef, et qui assassine la plus belle solidarité qui vient de l'humanisme. La fraternité de l'argent qu'on nous dérobe pour l'offrir à d'autres qui nous sont inconnus. Et puis comme j'ai donné, authentifié par un taux d'imposition calculé automatiquement via un ordinateur exempt de sentiment, pourquoi donnerais-je plus ? On me prend assez, je fais ma part. Une fraternité comme celle-là déresponsabilise et déshumanise.

Liberté, Égalité, Fraternité, c'est presque aussi con que Travail, Famille, Patrie ! Moins, quand même. J'aurais préféré : Amour, Humanisme, Allez-vous faire foutre !

Pendant ça, je cours sur les berges de Saône, à travers les marchés qui s'organisent quais Saint-Antoine, de la Pêcherie, puis il y aura le long Saint-Vincent, que c'est beau, que les Saints me protègent, qu'ainsi soit-il…

Je souris toujours, il faut être présentable pour les caméras cafteuses en furetage. Je les sens même me suivre d'un panoramique heurté, il doit y avoir du monde crispé sur la manette.

Heureusement, pas de drone à reconnaissance faciale et autres balivernes pour les craintifs du totalitarisme. Les dictatures n'ont pas besoin de ça… mais ça peut aider. Une démocratie en aurait bien besoin… mais craint de ressembler à son ennemie. Quelles fariboles !

Au nom des libertés individuelles que nous bafouons tous en s'en foutant bien ! Vous n'avez jamais fouillé le Facebook de votre ex ? Je ne fais que ça. Cent fois par jour ! Sans répit. Et je vous promets que je serai heurté dès qu'une lentille optronique m'aura cafardé pour m'amender à coups de PV ! Liberté, liberté de mon portefeuille chéri ! Royaume de l'hypocrisie.

La surveillance pistera un voyou en rupture de ban ! Avec une définition vidéo où l'on pourra confondre mes yeux avec mes dents, et une densité qui me rendra anonyme derrière des poubelles aux couvercles ouverts ou des platanes à défolier par sécurité. Ce ne sera la preuve de rien, mais ouf, les droits des quidams non concernés seront préservés.

Dans ce flou matériel et juridique, toute infraction au respect de l'ordre établi sera punie de la peine d'exclusion de la société, de la vie, inclusions à l'affliction, à la mort, sans discussion ni murmure. Seront tolérés seulement quelques briques volantes dans des vitrines par des insoumis trop bien ordonnés en quête de députés, des graffitis bavant sur les murs par des fachos pas très fâchés mais bien idéologés, des ragots vomitiques sur tous les rézosocios en vue de porter des idées de bistrots, des défilés au pas décadencé pour paraître impromptus mais suréquipés de drapeaux en grande série, dans de voluptueux cortèges ambulatoires, aux exhalaisons de merguez, le week-end seulement, le tout mis en musique par des slogans à faire pleurer de rire. Des révoltés de fin de semaine, une distraction, voilà ce qu'ils nous laissent. Rien ne changera parce que personne ne veut changer. Aucun n'a d'idée. Juste des idéologies. Tout est idéologie, rien n'est réflexion.

Alors, pour les velléitaires libertaires, pas de billevesées, à bas l'estouffade, ils seront filmés en première ligne dans le no man's land, inutiles, mourant d'ennui. Ils guériront de leurs aspirations dans la zone des armées, à la première peur, à la dernière terreur. Ils accoucheront de leurs idées futiles dans la zone démilitarisée, bien inoffensives et sans aucun moyen. Ils crèveront si c'est nécessaire dans la zone des âmes nées, à la haute conscience en dehors de toute réalité. Et seront prestement oubliés par une nouvelle actualité.

Parce qu'il faut toujours se méfier des rebelles, même quand ils sont morts, leurs exemples doivent rester putrides et isolés. Sinon, comment voulez-vous ? Hein ! Sinon…

À part Jésus ou le Che, qui sont les mêmes quand le photographe Korda s'en mêle. Rassurez-vous, ils sont bien peu ressuscités, percés de trous aux bons endroits.

Merci d'avoir échoué, c'est tellement beau et infiniment exemplaire.

7 h 55

Ils le rattrapent, c'est inexorable. Son asthme, sa fatigue, et une acceptation latente se combinent pour que la distance ne fasse que raccourcir, il est en ligne de mire, sans échappatoire maline, à part le fleuve, mais il n'a pas son tuba ni ses palmes, ils seront bientôt à portée d'arme et de voix pour de stupides sommations. Il sait qu'ils sont sous tension, que la première altercation désastreuse n'a pu que laisser des traces à leurs égos et de nouveaux droits dont ils pourraient se prémunir en cas d'arrestation. Pour eux, après ce coup d'éclat, il est dangereux de l'approcher ; pour lui, il devient dangereux d'être bon à tirer. Que répondra-t-il lors des trois injonctions règlementaires ? Que feront-ils après sa réponse qui devrait être digne de Cambronne (merde !) à Waterloo ?

Ça y est, c'est le moment, il a attendu ça. Depuis plus longtemps que ce matin. Il a attendu d'assumer, d'être en paix avec lui-même, d'assurer ce passage désagréable. Toute sa vie. Maintenant, ou ça ne va pas tarder, ou il ne le sait pas encore, il ressentira... du soulagement. « Merci mon Dieu », soupire-t-il déjà tout bas. Sans aucun mot, dans un murmure de silence, il se sent capable de tout encaisser, une arrestation, un mollestage, une détention, le procès, le jugement, la peine, le retour à la vie, proprement ; il n'a tout de même tué personne, juste trop cru, en lui, en l'amour, en l'humanité, en son étoile qui n'était qu'une météorite enflammée en fin de combustion. À sa petite entreprise. Il est prêt à entendre : « Veuillez nous suivre, Monsieur, s'il vous plaît. Vous nous avez bien trop fait courir, mais c'est fini... Ça va bien se passer », ordonné avec un sourire par ces adeptes de l'éternel « attrape-moi si tu peux ». Le faux-bon contre le faux-méchant, le vrai jeu de dupes. Un divertissement sert souvent à apprendre la vie, celui-ci est le plus formateur.

L'excitation boostée par les litres d'adrénaline dague tous les protagonistes. C'est bien pour ces moments qu'ils font ce métier, et une fois pour toutes, il remettra sa vie entre leurs mains.

« Non, pas les menottes, ce n'est plus la peine, vous en conviendrez », est-il prêt à répondre. C'est un sentiment incomparable de s'abandonner ; même à la justice. C'est traverser la rue quand le petit bonhomme est au vert et que toutes les voitures se sont arrêtées fumantes, moteurs tournants, prendre l'ascenseur de l'Empire State Building sans savoir si on peut sauter, manger chez Bocuse sans avoir compris l'énoncé des plats, seulement guidé par le sourire du guindé, ou se glisser puceau dans le lit de sa petite amie lorsqu'elle fait semblant de dormir et d'être vierge, c'est plonger les lèvres dans le 18e verre de vodka et savoir que les copains sont là, qu'ils ont tout prévu pour que la cuite se passe à l'abri. Cet abandon stupide ne peut pas être un acte de faiblesse ni de reddition. C'est une acceptation, tête baissée, tout autant pour foncer que pour se rendre dans un autre monde.

Les pas se rapprochent désormais, le bruissement des crottes de chien sous les semelles, les canettes qui s'envolent sous les coups des enjambées, le cliquetis de l'artillerie digne d'un destroyer tintant sur le fer blanc de la quincaille répartie le long de la boudinerie de l'uniforme.

Max devrait peut-être se retourner pour faire face, les bras en croix et ouverts pour les accueillir dignement. Encore un peu de cette liberté, encore quelques bouffées.

— Max !

Il parvient à bouger la tête sans pouvoir regarder dans la direction, il n'a pas les capacités rotatives du hibou. Cela suffit à le ralentir par le zigzag corporel. Il s'est éveillé à l'écoute de leur respiration haletante, nerveuse surtout, une agitation ; maintenant, les articulations craquent comme du bois rompu, ou alors c'est une brindille qui vient de céder sous l'impact d'une ranger. Max, qui a perçu les contours au Caran-d'Ache des chasseurs, se demande lesquels sont-ils. Qui pour « Ta Gueule », qui pour « Apache » ? On dirait qu'il ne les a jamais vus, ils ne se ressemblent pas à ceux qu'ils étaient tout à l'heure, ils ont l'air plus puissants, plus panzers. Il y a deux heures, ils paraissaient presque cools, détendus, sûrs d'eux ; là, il perçoit un guerrier, un tendu, un nazi sûrement ; l'autre est un nerveux, un écumeur, un tueur, semble-t-il. Des visages en lame de couteau, des poings de boucher, des armes qui se rapprochent de pognes tremblantes. Ils sont énervés et ont peur, ces cons. Une lueur d'angoisse rebondit sur les yeux d'acier de Max.

Il met sa main devant la bouche pour que sa peur ne se répande pas dans la rue.

7 h 55 toujours

Ok, je suis un salaud, et un salaud, ça doit mourir, autrement il ne sert à rien dans la société.

Salaud d'avoir voulu rouler les gens, salaud de ce commerce infamant, salaud sans scrupule, salaud de vouloir être aimé quoi qu'il en coûte, et pourtant le « quoi qu'il en coûte » était de mode, salaud d'être un égoïste égocentrique par-dessus tout. Rien qu'un salaud une fois que le juge m'aura dépouillé de ma qualité d'homme libre. Mais un salaud qui voulait juste devenir un mec bien et choisir son destin. Quelle importance peut avoir le chemin d'où l'on vient du moment qu'il nous a servi à nous transformer.

Le bagnard Jean Valjean est bien devenu monsieur Madeleine.

Le bonheur, c'est d'être en paix avec soi-même. Et moi je lutte, contre moi en passant par eux. Tous ne sont que la croisade que je me mène. Elle a maintenant cessé, je peux penser à mon armistice.

Mais je fuis, en désordre, en déroute.

Un destin, c'est fait de tellement de petites choses qu'on le croit évitable. Cela semble fragile, une rencontre dans un bar, un moment de retard, une inattention, une hésitation… un souffle. Et puis non, c'est un flot qui pousse, un torrent qui vous met la tête sous l'eau, et ce n'est pas parce que vous gesticulez dans la flotte que vous savez vous diriger. Et roule, black-boule, accroche-toi, tu ne fais qu'à peine retarder le moment. Pfff, le destin, c'est toi ! Tes conneries, tes envies, tes faiblesses, tu n'avais pas le choix, ce n'était que toi. Et on ne se délivre pas de soi. Oh oui, tiens, trouve des prétextes, ou mieux, des maudits, des tyrans, des boucs émissaires ! Le book, c'est toi qui l'écris. Tous les jours, tous les jours, tous les jours, tu grattes ton book. L'histoire, tu la connais, même la fin tu la connais, ça te revient ! Ben tiens… bien sûr que ça te revient. Tu cherchais à oublier.

Coucou !

Je suis là, je tremble… me rendre ?

Me rendre…

Bon Dieu, toi qui aimes les causes à crucifier, donne-moi tout de même la fronde de David, un fléau d'une jacquerie moyenâgeuse, le nunchaku de Bruce Lee dans sa fureur de vaincre, un cocktail Molotov millésimé 68, des sagaies empoisonnées de Zulu, les boules de cuir et de sueur de Chuck Wepner, celui qui deviendra Rocky par Stallone, la main en bois du légionnaire de Camerone, ou au moins l'écharpe tricolore d'Alphonse Baudin, le député mort sur les barricades, les plumes défraîchies de Geronimo, le glaive de Spartacus… le regard de Kunta Kinte.

Des combats rarement gagnés, toujours désespérés, souvent prémices aux aspirations les plus grandes. Des hymnes à la liberté que je porte dans ma course folle sous les réverbères.

Je peux choisir ma fin. Un entrepreneur ne peut que s'entreprendre jusqu'au bout.

Je m'arrête maintenant, juste après la grande pissotière qui empeste la rue depuis toujours, je me tourne, je fais face, je lève lentement les mains, ils vont me rejoindre, je me rends ou pas ? C'est bien parti, je regarde au ciel, que ton nom soit sanctifié, que ton règne vienne, que ta volonté soit faite…

PAN !

Un projectile échappé d'un gun sillonna l'air comme une guêpe enflammée.

Max devint instantanément couvert de sang et recouvert par cette fin d'aurore dans ce calme transcendant.

8 h 00

Je ne suis pas un être de joie, je suis un passager, j'avoue qu'il se peut que je sois content de mourir. Voilà ! Mais le moins douloureusement possible, je ne suis pas assoiffé de souffrance.

C'est curieux, je viens d'être transpercé, je titube, ils crient, il y a l'eau. L'O. L'Oooooooo. M'y perdre.

Puisque tu ne m'aimes plus, puisque nous ne pouvons plus nous aimer, puisque je n'aime plus la vie, puisque je n'ai pu prendre les dispositions pour mes funérailles, on n'a jamais le temps de bien faire ces choses, puisque cette longue poursuite que fut ma trajectoire s'est révélée chuchotante, chaotique, et sombre aussi, alors arrive enfin le jour de la délivrance.

C'est maintenant que moi, restant seul propriétaire de ces libertés sans raison, sans but et sans conséquence, comme toutes celles dignes de ce nom, moi, leur propriétaire cupide hélas, qui avais placé ces principes en viager, c'est maintenant que je décide, n'étant ni sain de corps ni d'esprit et fier de mes manques, de te léguer en ton nom que je confonds avec le sien, car amour et liberté sont de la même essence, et qu'il faut bien nommer les choses, mon testament car il est temps.

Je t'offre ainsi pour les siècles et les siècles, le café où nous nous sommes rencontrés, les rues de nos balades, les capotes usées, les investissements risqués, les impayés, et puis l'imaginaire, les concepts philosophiques de ces deux choses, les lois qui vont avec, la bague de fiançailles que j'ai gardée, tu la cherchais, oui, je te jure, te jure, que je t'ai aimée, toi et elle, au moins autant, alors je mets tout sur l'autel, en prière pour les autres, je t'envoie pour le définitif les mots embrouillés, confus, mortels, qui expliquent les absences, les rendez-vous de coïts et d'affaires, les excuses à contretemps ou celles muettes, les aubes maladroites, les matins et leurs grands soirs, tout ce qui fut beau entre nous, le moche tu l'as déjà, et toutes ces promesses que je n'ai pas te-nues… Le reste, je te l'avais entièrement donné.

J'abandonne aussi ce que je ne veux pas : la raison, la justification, la morale, la fin de l'histoire, les explica-tions qui ne servent jamais à rien.

Je t'aime encore, mais ça, je ne te le cède pas.

Je te promets de ne plus te revoir, mais pas de ne plus te hanter.

Chérie – Liberté. Liberté chérie.

8 h 00 encore

— Pourquoi t'as tiré bordel ?! Mais pourquoi t'as tiré ?!!

— …

— Hein ?!

— Ça fait 2 heures qu'on le course ! …

— Et alors ! On ne meurt pas parce qu'on court ni pour des dettes !! Tu comprends ça ?!

— Son sourire m'a fait peur…

— Hein ?!

— Son sourire était si froid et mince qu'on aurait pu se raser avec. Ça m'a pris à la gorge…

— J'n'ai jamais entendu une telle connerie !!

— C'est comme ça… Et puis, on aura qu'à dire, euh…

— On dira la vérité ! Putain ! La vérité !!!

— Ta gueule ! …

— C'est toi, ta gueule !!! Donne-moi ce flingue, j'appelle Fort Apache… DONNE-MOI CE FLINGUE !

— Tiens… Il est où le Max ? …

8 h 00 pour toujours

C'est la dernière chose que j'ai entendue pendant que je flottais dans la Saône, ne pouvant déjà plus parler ni soupirer. Je ne me débats pas.

Mon sang s'échappe… j'ai froid… je perds la chaleur avec le fluide en fuite. J'ai froid, l'eau est froide aussi, je ne peux plus bouger. Je les vois, ils parlent, s'engueulent presque. On dirait que je ne suis pas là. Ils me fixent mais pas dans les yeux. Et moi je les vois troubles, comme déjà d'ailleurs.

Putain, non ! J'ai peur.

Putain, j'ai peur !

Je panique… mais ne bouge pas.

Et puis, non, ça va.

Ça va.

Je n'ai plus mal. J'avais mal, alors.

J'ai un léger tremblement dans les doigts et je me sens léger, sans corps.

Ça va.

Je vais dormir.

Je ne vois plus rien.

Je suis désolé.

C'est fini.

Pour moi, pour eux qui vont devoir vivre avec moi sur le dos, pour ce monde qui ne fait que crever de s'être trop bouffé.

C'est fini… comme pour tous les autres.

La mort a décidément de faucheuses habitudes et l'être tourne au néant comme le lait caille, ça ressemble encore mais le goût pique.

Adieu.

En mourant, je me suicide socialement.

Ce n'est pas si grave, la vie, ça passe.

Je n'avais de toute façon rien de mieux à faire que de mourir aujourd'hui.

Je n'aimerais pas, par mon exemple grave, être le chantre d'un pessimisme irritant et grossier. Je m'y suis mal pris avec ma liberté. J'avais le choix, je l'ai gâché. Cette liberté est en force et cela la rend précieuse. Rien n'est à céder à la peur. D'ailleurs, n'a-t-on pas peur que nous n'ayons pas assez peur pour qu'on tente de nous faire si peur ?

Je n'ai plus qu'à abandonner mes parents, mes sœurs et mes frères, mes femmes. Mes potes. Et les autres que je ne voulais pas connaître.

Et que les morts enterrent les morts.

Les morts de dettes pour les morts de liberté pendant que l'horloge de l'amour se bloque définitivement.

8 h 00
8 h 00
8 h 00
8 h 00

C'était un lundi tout simple pour beaucoup sur cette planète, dans ce pays, dans cette ville, sur ce quai. De ceux qui commencent par un café brûlant et des yeux qui picotent dans le flou pour chercher la netteté d'une tartine ou d'une télé. Avec un peu d'amer lorsque le cerveau s'éveille finalement.

« Encore un jour à remuer cette merde ! » En l'absence de capitaine pour sauver cette journée qu'il faut suivre en pénitence.

« Encore un jour à vivre pour en profiter ! » En l'absence du bourreau déclaré pour envenimer une existence qui se suffit à elle-même.

Ce lundi-là, où Max avait commencé la lecture débilitante d'un bandeau d'informations sécrétant sa terreur nécessaire sur les lèvres muettes du présentateur sans haut-parleur (ce n'est pas la peine), pour la distiller sur d'autres bouches habituées à bien mastiquer.

« Quel sera le prochain carnage ? … Ma confiture ou ces cochons ? »

Par confusion, par fuite, ou par douleur, Max exhumait tranquillement la fragilité de son intimité quotidienne, ses fêlures, ses petites haines, ses espoirs fantasmés et lointains, pour se remettre dans un ordre acceptable afin d'affronter le monde, les choses, les gens, les fleurs qui repousseront bien après l'hiver atomique ou l'été brûlant.

Son misérabilisme vivait une ultime pudeur juste, se convainquant que le bonheur devait se trouver quelque part où l'on est libre, à deux pas de l'amour que cette liberté devait porter.

Libre, ce qu'il voulait ardemment, libéré d'elle et d'eux.

Au toc-toc, l'occasion s'est trouvée trop belle avec sa violence nécessaire quand on se persuade d'être un conquistador.

C'était un jour révolutionnaire parmi les jours qui tournent en rond, en révolution. Pour un sans-culotte de l'entrepreneuriat sans peur non sans reproche, c'était le matin de la liberté ou la mort !

Bien peu plus tard

Le bandeau de CFMTV-News fleurissait de crises en thèmes en ce jour de deuil incognito.

Il scintillait en attente de la publicité rémunératrice délimitant au propre comme au figuré une partie de la libre expression journalistique.

Brillant de mots, de strass, d'éclairages surexposés, de maquillages fallacieux, beau, beau, beau, à en crever.

Avant d'advenir, la mort brille toujours, c'est une promesse déversée froidement sous forme d'hélium liquide, un fait scientifique.

Il en est ainsi.

Et dans notre société où le décès est prohibé, bientôt illégal dans le sens où il faudra les justifier un par un au cours de procès retentissants, où la peine de mort n'existe plus (c'est heureux), mourir pour une décision de justice ne peut être que l'apanage des innocents.

Mourir pour son existence, n'est-ce pas la plus grande liberté des libertés, bien plus que de mourir pour ses idées ?

Lyon : 1 ''escro !c   fo^cené aba%otu p% la P°lice*

FIN

En courant, je remercie vivement :

Lyon
Le judo
L'actualité
Ma femme et mon frère
Orelsan pour son suicide social
Edmond Rostand pour Cyrano et son panache
Angélique Maurin pour l'intensité de ses personnages
Alain Maufinet pour nos échanges qui m'ont donné des idées
Raphaelle Boudjema-Thureau pour son talent qui sera reconnu

Du même auteur

Romans :

3, JDH Éditions, 2021

D(i)EUX, JDH Éditions, 2020

UNE, JDH Éditions, 2021

Pamphlet :

Le critique des critiques, JDH Éditions, 2022

Collectifs JDH Éditions :

À l'encre de l'esprit, 2022

Cadavres écrits, 2021

Bouses de Mammouth, 2021

Nos violences conjuguées, 2020

Stupeurs et confinements, 2020

Collection Magnitudes

Dirigée par Yoann Laurent-Rouault

Notre collection littéraire phare regroupe toutes sortes d'œuvres littéraires, qu'il s'agisse de romans, de poèmes, de nouvelles, etc. Cette collection a la spécificité d'introduire des chiffres dans le domaine littéraire. Sur chaque livre de la collection est apposé un chiffre qui traduit le caractère plus ou moins choquant du texte.

4.0 Faible magnitude. Texte tout public.

5.0 Moyenne magnitude. Texte tout public.

6.0 Assez forte magnitude. Texte comportant des éléments susceptibles de heurter la sensibilité du lecteur.

7.0 Forte magnitude. Texte pour lecteur informé.

8.0 Très forte magnitude. Texte pour lecteur averti.

9.0 Magnitude extrême. Texte déconseillé aux âmes sensibles.

9.5 Magnitude ultime. Texte pouvant très fortement ébranler le lecteur, totalement déconseillé aux personnes sensibles.

Franck Antunes
D(i)EUX
Roman
MAGNITUDES
6.0

Découvrez les autres collections de JDH Éditions

Nouvelles Pages

Drôles de pages

Uppercut

Versus

Les Collectifs de JDH Éditions

Case Blanche

Hippocrate & Co

My Feel Good

Romance Addict

F-Files

Black Files

Les Atemporels

Quadrato

Baraka

Les Pros de l'Éco

Sporting Club

Les Pros de l'Immo

Toque et Plume

L'Édredon

La revue littéraire de JDH Éditions

Venez découvrir les textes de la revue

Textes et articles dans un rubriquage varié (chroniques, billets d'humeur, cinéma, poésie…)

Suivez **JDH Éditions** sur les réseaux sociaux
pour en savoir plus sur les auteurs,
les nouveautés, les projets…

Inscrivez-vous à notre Newsletter sur
www.jdheditions.fr
Pour recevoir l'actualité de nos nouvelles
parutions